イズヴェル・ジーニエ
クナントカ
（クリス）

アルアクル・カイセル
ファクル・スピルペア
おしかけ勇者嫁
PUSHING BRAVE BRIDE
勇者は放逐されたおっさんを追いかけ、スローライフを応援する

おしかけ勇者嫁

勇者は放逐されたおっさんを追いかけ、スローライフを応援する

日富美信吾

ぶんか社

CONTENTS

第一章　勇者、追放されたおっさんと旅をする。

第二章　勇者とおっさん、それに愉快な仲間たちと珍道中。

第一章　勇者、追放されたおっさんと旅をする。

◇◇◇　おっさん、お払い箱になっていた。

皆さん、初めまして。

わたしはアルアクル・カイセル、十六歳です。勇者をやっています。

ええ、そうです。魔王とかをバッタバッタとなぎ倒すことで有名な、その勇者です。

あれ？　ちょっと違うような……？　まあ、だいたい合ってるような気もするので、気にしないことにしましょう！　俗に言う「考えるな、感じろ！」ってやつですね！

周囲の方々から千年に一人のかわいすぎる勇者とか言われますが、わたしは普通の女の子です。

蜂蜜色の髪は邪魔なので頭の上の方で適当にまとめているだけですし、蒼い瞳はちょっと大きくてくりくりしているだけで特徴的でもありませんし、体型はつるーんでぺたーんで……べ、別に全然気にしてませんし!?　ええ、本当ですよ！　ぐぬぬっ、なんて思ってないですから……！

ご、ごほんっ。その、ちょっと取り乱してしまいました。ですが、人にはいろいろ悩みがあると思うんですっ！　だからしょうがないですよね！　ね!?

はい！　というわけで、さっきのことは忘れてください！　いいですね？　つるーんとか、ぺたーんとか、そういうのは聞かなかった方向ですよ！　よろしくお願いします！

さて、そんなわたしがどうして勇者なんてものをやらせていただくことになったのかといえば、この世界を司る神様からの啓示があったからだったりします。

といっても、わたしが啓示を受けたわけじゃありません。受けたのは王国教会のすっごく偉い司祭様です。啓示の中身は、

「近々魔王が復活する。その魔王を退治できるのは勇者だけで、その勇者は辺境の村の孤児院にいて、特徴は――」

みたいな感じで、その条件に当てはまるのがわたしだったのです。

実際、わたしのところにやってきた王国騎士団に同行していた神官の方がわたしを鑑定した結果、勇者の称号を神様から授かっていることが判明しました。

正直なことを言えば、魔王と戦えと言われても怖いですし、嫌だという気持ちが強かったです。

わたしは実の両親を知らない、孤児院育ちです。そんなわたしなんかでも、誰かのために力になれるのなら？　がんばる意味があるのでは？　いつからかそんな思いが胸の内に芽生え――。

……いえ、それは嘘です。勇者になると決めたのは、そんな大層な理由からではありません。

わたしをここまで育ててくれた院長先生、孤児院で一緒に育ったみんな、田舎の村のやさしいおじさんおばさんたち……そんな人たちが魔王によって傷つくかもしれない。自分ががんばれば、それを回避することができるかもしれない。そう思ったからなのです。

勇者になると決めてから、今日までの日々は大変なことの連続でした。

王様をはじめとするすごく偉い人たちとの会談、初めて会う人たちとの慣れない長旅、魔王が率

いている魔物たちとの戦い。

魔王討伐の旅は初めてのことばかりで、挫《くじ》けそうになったことは数え切れないほどでした。

そんな勇者な日々が一年以上続き、魔王がいる魔大陸《またいりく》の目前までやってきました。

いよいよ本陣に切り込む！　となったところで、緊急事態発生です。立ち寄った村が盗賊に襲われて大変なことになっているというのです。

わたしは気合いを入れて退治することにしました。

困っている村の人たちがわたしを育ててくれた田舎の村の人たちに似ていて、放っておくことなんてできません。

魔王討伐の旅に同行している、わたし以外の方たちが村の守りを固めるということで、わたし一人で盗賊のアジトに赴いて退治してきました。さくっと。わたし、普通の女の子なんですけどね。

今まで魔物と戦ってきた経験が生きているんでしょう。

で、盗賊たちを縛り上げて戻ってきたら、大変なことになっていたんです……。


「すみません、もう一度言っていただけますか？」

聞かされた言葉が信じられなくて、わたしはそう口にしていました。

「もちろん、君の頼みなら、何度でも繰り返そう！」

ア……何とかという王子様が、長髪を掻き上げて言いました。

「自分たちの旅に同行していた冒険者の男のことだ」

イ……何とかという魔法使いさんが、かけている眼鏡の位置を直しながら言いました。

「彼は旅立った。これ以上、自分がいては私たちに迷惑がかかると、そう言ってね」

ウ……何とかという神官さんが、神官衣の胸に手を当ててそう言いました。

ア……何とかとか、イ……何とかとか、ウ……何とかとか、人の名前を、しかも今日までずっと一緒に旅をしてきたパーティーのメンバーをそんなふうに呼ぶのはよくないってわかっているのですが、すみません。わたし、どうしても人の名前を覚えるのが苦手で……。まあ、今はそんなことはどうでもいいですね。

どうやら、わたしの聞き間違いというわけじゃなかったようです。

信じたくありませんでした。ですが、ここにいないということは、そういうことなのでしょう。

魔王討伐の旅に同行していたのは、わたしとここにいる皆さんの他に、もう一人いました。

凄腕ベテラン冒険者のファクル・スピルペアさんです。

え、人の名前を覚えるのが苦手なんじゃなかったのか……ですか？　嘘じゃありません、本当です。でも、なぜかファクルさんの名前だけは、すぐに覚えられたのです。なぜでしょうか……？

ファクルさんは三十歳後半くらいで、表情は穏やかで、目は垂れ目で、顎髭《あごひげ》が伸びていて、髪には少しですが白髪が交じっている、ずんぐりむっくりしている、そんなおじさんです。

わたしはファクルさんにいろいろなことを教わりました。魔物の弱点、野宿した時の雨露のしのぎ方、お店での値切り方など……本当にいろんなことをです。

特に大変ためになったのは、体に宿る魔力の使い方です。

この世界の人の体の中には、大なり小なり、魔力と呼ばれるものが宿っています。魔法を使う時にはもちろん必要ですし、それ以外にも身体強化を行ったりすることもできるのです。魔力って便利ですよね。

わたしは神様から勇者という称号を授かっていたためか、人より桁外れに多い魔力を体に宿していました。聖剣や聖鎧《せいがい》といった、勇者だけが身につけることができる装備を異空間から召喚《しょうかん》できるのも、その桁外れに多い魔力のおかげです。

反対にファクルさんが宿していた魔力は、一般の人の半分以下。料理を行う際、薪《まき》に火をつけるための種火を何とか起こすことができる程度で、身体強化などできないレベルです。

ですが、ファクルさんは凄腕ベテラン冒険者として、一目を置かれる存在だったのです。

冒険者には薬草採取などの子どもでも受けられるような比較的簡単な仕事もありますが、魔物を討伐したりする仕事や盗賊などから対象を守る護衛の仕事など、戦う力を求められることが比較的多いというのにです。

実際、ファクルさんの戦い方を目の当たりにした時は見事の一言でした。

わたしが初めてゴブリンと戦った時のことです。恐怖で動けなくなってしまったわたしの代わりに、ファクルさんがゴブリンを倒してくれました。腰に帯びた、わずかに反りのある『刀《かたな》』……？　とかいう武器でもって、真っ二つにしてしまったのです。

『大丈夫か？　嬢ちゃん』

そう言ってファクルさんはわたしのことを心配してくれました。

『え、ええ、大丈夫です！』

『それはよかった。――じゃあ、遠慮なく叱れるな』

え、と思った時には、頭に思いきりゲンコツが落ちていました。痛い、と思いましたし、ちょっぴりですが涙も出てしまいました。そして『何で!?』と思いました。

『何で、と思ってるな。叩かれた理由がわからなくて。それはな、嬢ちゃんがゴブリンを前にして、棒立ちになっていたからだ。あのままだったら、嬢ちゃんは殺されていたんだぞ？』

『……はい』

『嬢ちゃんは勇者だ。嬢ちゃんだけが魔王を倒せるんだ。それなのにここでゴブリンに殺されたら……この世界はどうなる？』

『……大変なことに、なってしまいます』

『そうだ。だから油断するな。油断していればゴブリンにだって殺されてしまう。気を抜くな。常に戦場にいる気持ちでいろ。わかったな？』

わたしは頷きました。叩かれた理由も納得です。わたしはあまりにも自覚が足りませんでした。

『ありがとうございます、ファクルさん！』

『叩かれて笑うとか、嬢ちゃんは変な奴だな』

ファクルさんは苦笑した後、『痛かったよな。悪かった』と謝り、叩いたところを大きな手で、不器用な感じに撫でてくれました。

わたしが何だかくすぐったい気持ちになっていたら、ファクルさんはア……何とかという王子様たちに、世界を救う勇者に対してその態度は何だと怒られてしまい、わたしは『やめてください！』とお願いしました。本当に、わたしの自覚の足りなさが悪かったんですから。

そんな感じで、ファクルさんのおかげで、わたしは目が覚めたのです。

つまり、今、わたしが魔物と対等に戦うことができているのは、勇者として活躍できているのは、ファクルさんによるご指導ご鞭撻《べんたつ》のおかげと言っても、決して言いすぎではないのです。

そのファクルさんがパーティーを抜けてしまった……。

「あの、ファクルさんは何か言っていませんでしたか？」

ファクルさんがいないと思うだけで、何なのでしょう、胸の奥がキュッと締め付けられるように感じるのは。

「別に、何も言っていなかったぞ」

ア……何とかという王子様はそう言いました。

「そう……ですか」

胸の奥の締め付けが強くなります。これが何なのか、どういう意味なのか、知りたいです。それに……どうしてファクルさんは黙って去ってしまったのかも。

ですが、今のわたしには、そのことについて思うことは許されません。そんな余裕はないのです。だって、わたしは勇者です。魔王を倒さなければいけないのです。そのために、ファクルさんにいろいろ教えてもらったんですから。

「ああ、アルアクル！　あんなむさ苦しい野郎のことは忘れて、僕たちだけで魔王討伐の旅を続けよう！」

ア……何とかという王子様がそう言って、パチパチと片目を閉じてきます。この王子様はわたしを見るたびによくそういう仕草をするので、きっと目にゴミが入りやすい体質なんだと思います。大変ですね。

というか、ファクルさんは冴えない感じのおじさんですが、別にむさ苦しくはないと思います。むしろ果物みたいないい匂いがしていました。少ない魔力で生活魔法を十全に使いこなして、常に清潔に気をつけていたからだと思います。

「そうだな。それがいいと自分も思う。そもそも彼は勇者パーティーに相応《ふさわ》しいとは言えない存在だった。冒険者風情のくせに偉そうに自分たちに指図するなんて、まったくあり得ないことだ」

イ……何とかという魔法使いさんが言って、憂いを帯びた表情でわたしのことを見つめてきます。わたし、知ってます。きっとお腹が痛いんです。わたしと同じ孤児院で育ったマックがよくそんな感じの表情をわたしに向けてきましたから。間違いありません。

あと、ファクルさんは確かに冒険者ですが、偉そうに指図したことは一度もありません。いつもわたしたちのことを考えて、的確な指示を出してくれていました。

ここまで大きな怪我をすることなくやってこられたのはファクルさんのおかげだって、わたしは知っています。

「そうですね。アルアクルさん、盗賊退治で疲れたでしょう。この先に温泉が出る宿場町があると聞きました。そこであの男と一緒に過ごしたことで体に蓄積された疲れを癒やすのがいいと思いますよ」

ウ……何とかという神官さんが言い、キラキラした笑顔を浮かべます。そんなに温泉が好きなんですね。

でも、わたしはちょっと遠慮したいです。ファクルさんと過ごしたことで溜まった疲れなんてまったくありませんし、宿場町に行ったら必ず騒動に巻き込まれますから。

というのも、この三人の男性は、いわゆるイケメンという方たちで、女の人たちにとてもモテるのです。村や町に行くと必ず女の人たちが怖いぐらい群がってくるんですよね。そしてわたしがそばにいることに気づくと、敵視するか、王子様たちになぜか気に入られているらしいわたしに取り入ろうと媚《こ》びを売ってくるかするのです。それが精神的にとても疲れて……。

その点、ファクルさんに関してはそういったこともなく、

『俺はほら、不細工だから』

といつも苦笑いを浮かべていました。

わたしはそんなふうに思わないんですけどね。実際、ファクルさんにもそう告げたんですが、

『嬢ちゃんは優しいな』

と、わたしの頭をやっぱり不器用な感じで、でも、やさしく撫でてくれました。えへへ……って、思い出して笑っている場合じゃなかったです。

そのファクルさんはもういません。いないのです。

やっぱり胸の奥が締め付けられるように苦しくなりましたが、そんなわたしとは裏腹に、王子様

たちはむしろとても清々した感じの笑顔を浮かべています。

気にはなりましたが、それよりも言わなければいけません。

「宿場町には行きません！」

「「「え⁉」」」

三人はとても驚いた顔をします。

「わたしたちが行くのは魔大陸です！」

今のわたしは勇者です。勇者は魔王を倒さなければいけないのです。ファクルさんのことが気になっても、気になっても――どうすることもできません。

でも――魔王を倒したら？

勇者の役目は終わり――ですよね？

そうしたら――わたしはファクルさんを追いかけることができると思いませんか？

というわけでわたしは、わたしのためを思って温泉に行こうという、ア……何とかという王子様たちのやさしさを振り切って、魔大陸に向かうことにしました。

◇◇◇　おっさんに「好き」だと伝えたい。

一部の方から『今、一番デートしてみたい勇者』と言われたこともある、アルアクル・カイセルことわたしは、今、一人で、とある山の中を走っています。

え？　ア……何とかという王子様たちはどこに行ったのか？　それに、魔王退治はどうなったか……ですか？　それはですね——って、すみません！　状況が切迫していて、のんびりお話ししている場合じゃなかったのでした！　詳しいお話は、また後ほど、機会を改めてさせていただきますので……！

間に合ってください！　そんな思いを胸に抱きながら走り続けることしばらく、わたしはそこにたどり着きました。

よかったです。間に合いました。

ほっと胸を撫で下ろしたくなりますが、そんなことをしている場合ではないのです。気を緩めてはいけません。

「伏せてください……!!」

わたしは鋭く言い放って、強く踏み込みます。

わたしの声に振り向いたその人が、わたしを見て、驚いたような顔をします。

その顔を見た瞬間、胸の奥から言葉が溢れてきました。話したいことがいっぱい、本当にいっぱいありました。そんな場合じゃないとわかっていても、それでも話したいと思ってしまいます。

ですが、今はやらなければいけないことがあるのです。そちらを優先しなければいけません！

「召喚——《聖剣《アステリ・ランプス》》！」

わたしの目の前に目映《まばゆ》い光が集まり、凝縮して、わたしの身長に届くほど大きい、一振りの剣になりました。勇者だけが召喚できる、この世に斬れないものはない、黄金に輝く剣、絶対の刃。

わたしは聖剣を掴みます。わたしの手によく馴染み、まるで自分自身の一部のように感じられるそれを構えて、目の前の敵を、巨大な漆黒のドラゴンを見据えました。

「はぁあああああああぁぁぁぁぁぁあぁあああぁぁぁぁあぁあぁぁぁ――――っ！」

裂帛《れっぱく》の気合いとともに聖剣を振り抜きます。

「GYAOOOOOOOOOOOOOOOOOOOOOOOOOO……！」

ドラゴンの咆吼《ほうこう》が響き渡りましたが、でもそれだけです。それでおしまいです。だってドラゴンはわたしの一撃によって、真っ二つになってしまったんですから。

わたしが聖剣を手放すと、聖剣は光の粒子となって、消えました。頼もしい相棒です。

「ありがとうございました」

聖剣にお礼を言うと、「どういたしまして」という気配が伝わってきたような気がしますが……きっと気のせいですよね。

わたしがそんなことを思っていると、声がかけられました。

「嬢ちゃん……だよな？」

やさしい声です。ずっと、ずっと聞きたかった声です！

「はい、そうです！　わたしです！　ファクルさん……！」

会いたかった人と、わたしはようやく再会することができました！

わたしとファクルさんは近くの村まで移動することにしました。

ドラゴンの素材は後で使えることもあるとファクルさんが言うので、わたしのアイテムボックスに収納済みです。

アイテムボックスというのは、様々なものを異空間に収納する、生活魔法の一つです。普通の人は、身の回りのちょっとした小物を収納できるくらいですが、わたしの場合は違います。いくらでも、どれだけでも収納することができます。しかも、アイテムボックスの中に入れておけば、時間が経つこともありません。ファクルさんに言わせると、わたしの勇者としての桁外れの魔力量が、それを可能にしているのだろうということでした。

そのファクルさんは、最後に別れた時と同じ格好でした。魔物の革をなめした鎧。腰には微妙な反りが特徴的な刀と呼ばれるもの。

「ファクルさん、変わっていませんねっ！」

「まあ、そうだろうな。嬢ちゃんたちのパーティーから離れて、まだ一週間も経ってないからな」

そう言われればそうなのですが、わたしはもう何ヶ月、いえ、何年もファクルさんに会っていないような気持ちでした。

「で、嬢ちゃんは何だってこんなところに？」

「ファクルさんを捜していたんです！　ようやく見つけることができましたっ！」

「俺を捜してって……まさか連れ戻しに来たのか？　魔王退治の旅に同行させるために」

「違いますよ。魔王ならもう倒してきましたし」

「そうなのか…………って待ってくれ。嬢ちゃん、今、何て？」

わたしの言葉に、ファクルさんがぽかーんとした顔になりました。何だかかわいいです！　でも、そう言葉にしたら怒られそうな気がするので言えません。残念です。

「あれから一週間も経ってないんだぞ？　それなのに倒した？　……え、マジで？」

「マジです！」

わたしはファクルさんと別れてからのことを簡単にお話しさせていただきました。

あれからすぐに魔大陸に渡ったこと。出てくる魔物の強さが桁外れになったこと。そんな中、魔王がいる城にたどり着いたこと。そして魔王をさくっと倒したこと。

「さくっと？」

「はい！　さくっとです！」

ファクルさんが遠い目をしました。何ででしょうか？

「……まあ、嬢ちゃんは勇者で、たった今も最強最悪と名高いブラックドラゴンをいとも簡単に真っ二つにしてしまったほどの力の持ち主だしな。魔王をさくっと倒すのも当然といえば当然か」

ファクルさんが小声で何か呟きましたが、あまりにも小さすぎてよく聞こえませんでした。

「で、魔王を退治したなら、あの王子たちが放っておかなかったんじゃないのか？」

「王都で凱旋《がいせん》パレードとかパーティーをするとか、結婚して欲しいとか、その他にもいろいろ三人に言われたことは確かです」

魔王を倒した直後のことでした。ア……何とかという王子様がわたしの手を取って「愛している。結婚して欲しい」と言い出したのをきっかけに、他の二人にもプロポーズされました。さすがはイケメンです。歯の浮くような台詞も様になっていて、女性たちが群がるのもよくわかりました。

「でも、断りました」

「は？　何で？　玉の輿じゃないか」

「そうですね。でも、わたし、あの人たちのこと、興味がないですから」

そう告げた瞬間、ファクルさんが、ブハッ！　と吹き出しました。

「わたし……何か面白いことを言いましたか？」

「いや、そうじゃないんだが……くくっ、あははははっ！」

しばらくの間、笑い続けていたファクルさんですが、笑いが収まると、どうしてそんなに笑ったのかを教えてくれました。

「王子様たち、俺がパーティーから抜けた時、何て言ってた？」

「自分がいてはわたしたちに迷惑がかかるとか何とか。でも、それがどうしたんですか？」

「そうじゃねえんだよ。俺はパーティーを追放されたんだ」

「え……!?」

「嬢ちゃんは俺を慕ってくれていたよな」

やさしい顔でそんなことを言われました。そのとおりだったので頷きます。

「はい。だって、ファクルさんのおかげで、今のわたしがいるんですから。ファクルさんを慕うのは当たり前じゃないですか」

「魔王を倒した勇者様にそんなふうに言われると恐縮だが……だからこそ邪魔だったんだろうよ。

俺がいたら嬢ちゃんを口説き落とせないと思い込む程度にはな」

「そんなことでファクルさんをパーティーから追放するなんて……許せません！」

「って、嬢ちゃん！　どこに行くんだよ？」

「ア……何とかという王子様たちに、ガツンと一発、ぶちかましてくるんですっ！」

「相変わらずあいつらの名前は覚えてないんだな。というか、勇者がガツンと一発やったら大惨事になるからやめとけ」

「でも！」

「俺のために嬢ちゃんがそこまで怒ってくれた。それだけで俺は充分報われた。それに、あいつらのプロポーズを断ったんだろ？」

「さっきも言いましたけど、わたし、あの人たちに興味がないですから」

「なら、もう充分だ」

「ファクルさんがそう言うなら……」

「ありがとな、嬢ちゃん」

ファクルさんに頭を撫でられました！　ファクルさんに頭を撫でられました！　大事なことなので二回言いましたよ！

仕方ありません。今回はファクルさんに免じて、何もしないことにしましょう。それに、今さらあの人たちのところに行くのも、正直、面倒くさいですし。何せ引き留めるあの人たちを振り切って、ファクルさんを追いかけてきたわけですから。

ですが、許したわけじゃありませんし、絶対に忘れません。次に何かあれば……きっちりと報いを受けてもらいたいと思います。ふっふっふっ。

「嬢ちゃんが何か黒い笑みを浮かべている……！」

「？　何か言いましたか、ファクルさん？」

「い、いや、何も言ってないぞ？」

何で変な汗をかいているんでしょうか？　変なファクルさんですね。

「ところで、どうやって俺を捜したんだ？　簡単じゃなかっただろ」

「そうですね」

世界は広いです。たった一人の人を捜すのは、とても大変なことです。

「でも、ファクルさんは困っている人を見捨てることができない人ですから」

わたしは知っています。口では面倒くさいだ何だと言いながらも、困っている人を放っておけない人だって。ついついお節介を焼いてしまう、お人好しだって。何にも知らなかったわたしの面倒を見てくれたのが、その証拠です。

だから困っていた人を探して話を聞けば、ファクルさんにたどり着けるんじゃないかと思ったんです。実際、その作戦は成功しました。こうしてファクルさんと再会することができたんですから。

「それにしてもファクルさんは無謀すぎます！」

ファクルさんによると、わたしたちが、今、向かっている村は魔物たちが大挙して来て、大変なことになっていたのだそうです。

村は魔物たちの退治と原因究明を冒険者ギルドに依頼して、その仕事を受けたのがファクルさんと数人の冒険者さんたちでした。

　ファクルさんたちは魔物たちが大挙して来た原因は、何かを恐れて逃げてきたのではないかと推測しました。そしてこの山にやってきて、ドラゴンを目撃したのです。

　ドラゴンは一介の冒険者が太刀打ちできる相手ではありません。騎士団など、ある程度、まとまった戦力が必要となります。

　ですが、ドラゴンはファクルさんたちが現れたことに気づき、攻撃してきました。ファクルさんは自分が囮《おとり》になることで時間を稼ぎ、他の冒険者を逃がして、ドラゴンに太刀打ちできるだけの戦力を連れてきてもらうことにしたのです。

　その逃げ延びた冒険者たちに出会ったわたしはファクルさんがここにいることを知って、急行したというわけです。

「わたしが間に合わなかったらどうするつもりだったんですか!?」

「死んでたかもな」

「かもなじゃありません！　もっと自分を大事にしてくださいっ！」

「お、おいおい、何で嬢ちゃんがそんな泣きそうな顔をするんだよ……」

「ファクルさんが悪いからです……！　お願いですから、もうこんな無茶はしないと約束してください！　してくれないと、わたし、大声で泣きますよ!?　わんわん泣きまくりですからね!?　それでもいいんですか!?」

「ひどい脅し文句だ！　……わかった。約束する」

「絶対ですよ？　嘘ついたら、責任を取ってもらいますからね？」

「せ、責任⁉」

ファクルさんが変な声を出しました。わたし、変なこと言ってませんよね？

「わ、わかったよ。無茶をしなければいいだけだからな」

「ありがとうございます」

「いや、嬢ちゃんが礼を言うのはおかしい」

ファクルさんに笑われてしまいました。

そんなことをやっていたら、わたしたちは村にたどり着きました。わたしたちの無事な姿を見て、村の人たちや冒険者の方々が駆け寄ってきて、無事だったことを喜んでくれます。

また、ドラゴンを退治したと告げると、とても驚かれました。

「信じられないかもしれねえが、この嬢ちゃんは勇者だからな」

ファクルさんに言われて、わたしがアイテムボックスから真っ二つになったドラゴンを取り出してみせると、皆さん、納得してくれました。

その日の夜は、飲めや歌えやのお祭り騒ぎになりました。わたしも皆さんに囲まれ、楽しくしていました。こんなに楽しい時間を過ごすのは、どれくらいぶりでしょうか。

「嬢ちゃん、楽しんでるか？」

ファクルさんがやってきました。

「はい！」

「なら、よかった」

ファクルさんはわたしの隣に腰掛けます。皆さんが楽しそうにしているのを眺めています。

「俺を捜してたって話だったが……俺を連れ戻しに来たわけじゃないとすると、どんな理由だ？」

そういえば、その話がまだでした。

「わたし、ファクルさんがいなくなってから、胸の奥が苦しくなって仕方がなかったんです。それがどうしてなのか。いっぱい考えました。そしてわかったんです」

わたしはファクルさんを見つめます。

「わたし、好きなんです……！」

「なっ!?　す、すすすすす好き!?」

ファクルさんが素《す》っ頓狂《とんきょう》な声を上げました。見れば、顔が真っ赤になっています。

ファクルさんの顔がさらに真っ赤になっていきます。

「そうです！　大好きなんです！」

「ファクルさんの作ってくれたお料理が！」

「は？　……は!?」

ファクルさんが目を大きく見開いて、信じられないものを見る眼差《まなざ》しを向けてきます。

ファクルさんの作ってくれるお料理はすごいのです。それまでパンは堅いのが当たり前で、スープだって塩味が少ししかしないのが普通だったのに、ファクルさんの作るお料理はどれも信じられないくらいにおいしくて！　特にぷりん？　とかいう卵を使った、ぷるぷるしていて滑らかな舌触りが特徴のデザートが最高なんです！

「そ、そうか。料理か。……まあ、確かに。俺の作る料理は師匠直伝で、この世界の料理とは一線を画するものだからな」

ファクルさんがパーティーからいなくなって、ファクルさんの作るおいしいお料理が食べられなくなって。わたしの胸の奥が痛くなったのは、それが原因だって思ったんです。

「嬢ちゃんが食いしん坊だったことを忘れてた」

「ファクルさんの作るお料理がおいしすぎるのがいけないんです！　わたしは食いしん坊じゃありません！」

「そういうことにしておくよ」

ファクルさんは苦笑して、わたしの頭をぽんぽんと撫でました。絶対に違うのに……！

◇◇◇

おっさんと一緒に旅をします。

さて、ドラゴンを退治してお祭り騒ぎがあった次の日。わたしはファクルさんとともに、村の人たちと冒険者の皆さんに盛大に見送られて、出発することになりました。

「それでファクルさん。ファクルさんはこれからどうするんですか？」

隣を歩くファクルさんを見上げながら、わたしは言いました。

ずんぐりむっくりした体型のファクルさんですが、わたしより大きいので、どうしても見上げる形になるのです。

そしてファクルさんからはいつもの果物のような、甘くて、爽やかな匂いが漂ってきます。やっぱりいい匂いです。くんくんしたくなります。

してしまいました。仕方ありません。久しぶりにファクルさんと一緒に過ごせるんですから。くんくんしないわけにはいかないのです……！

「これからか……って嬢ちゃん、何してるんだ？」

「ファクルさんの匂いをかいでました」

「そうか――じゃねえ！　何してるんだよ!?　……もしかしてくさいか？」

ファクルさんが自分の匂いをかぐように、鼻を動かします。

「いいえ！　まったく！」

「そうか。なら一安心――」

「むしろおいしそうな匂いです！」

「安心していいのかそれ!?　というか、前にもそんなこと言ってたな……」

ファクルさんが呆れたような顔になりました。

「嬢ちゃんは本当に食いしん坊だなぁ」

「なっ、違います！　わたしは食いしん坊じゃありません！　断固抗議します！」

わたしは、その、人よりちょっと食べることが好きなだけです！　あと、食べる量が人よりちょっと多かったりしますが、でも、本当にそれだけです！　断じて『食いしん坊勇者』などではありません！　そこのところ勘違いしないでください！　よろしくお願いします！

それにしても……あんなに食べてるのにどうしてわたしはいつまでも、つるーんで、ぺたーんなのでしょうか……？　世の中は不可解なことばかりです。いえ、理不尽……と言った方がいいのかもしれません……。

「はいはい、わかったわかった」

「全然わかってくれてませんよね!?」

「なら、おやつにしようと思って宿屋の厨房を借りて用意してきたこれ……俺が食べてもいいよな？」

ファクルさんが自分のアイテムボックスから取り出したそれは、

「ど、どどど……！」

「どどど？」

「どーなつじゃないですか!?」

ファクルさんが作るお料理はどれもこの世界のものとは思えないほどおいしいわけですが、デザートは格別に素晴らしいのです！

わたしはぷりんがお気に入りですが、どーなつも大好きだったりします。

どーなつは溶いた小麦粉に蜂蜜を入れ、リング状にして油で揚げた甘いお菓子。一口頬ばれば口の中いっぱいにやさしい甘さが広がって、ほっぺたが落ちるんじゃないかというくらいおいしいんです！

　ファクルさんが作ってくれるまで、わたしはこんなに素敵なお菓子があるなんて知りませんでした。

「ファクルさんは女の子をいじめる悪い大人です！」

「ちょ、人聞きの悪いことを言うなよ！」

「本当のことだから仕方がありません！」

「いやいや、本当のことじゃねえから！」

「なら、どーなつ……わたしに多くくれますか？」

「わかった。やるよ。やればいいんだろ？」

「言わされてる感が満載で、誠意が感じられません。やっぱりファクルさんは悪い大人ですっ」

「そんなことねえって！　俺は嬢ちゃんに心の底からドーナツを多くあげたいと思ってる！」

「そうですか。ファクルさんがそこまで言うなら仕方ありませんねっ。受け取りましょう！　本当に仕方なくですからねっ？　勘違いしたらダメですよっ？」

「……やっぱり食いしん坊じゃねえか」

「何か言いましたか？」

「万年腹ぺこ勇者って言ったんだよ」

「食いしん坊よりひどい感じに聞こえます!?」

「あははは」

「笑って誤魔化さないでください！」

まったくもうと怒っているのに、ファクルさんはさらに大きく笑ってわたしの頭をぽんぽんと撫でまくります。こんなことでわたしの機嫌が直るとでも思っているのでしょうか？　失礼な人だと思いませんか？　今回だけ——そう、今回だけ特別に許してあげますけどっ。えへへ。

「で、俺がこれからどうするかって話だったよな」

ファクルさんがそう切り出す中、いただいたどーなつを「あーん」と頬ばり、「やっぱりおいしいですっ！」となっていると、

「相変わらずうまそうな食いっぷりだが……嬢ちゃん、聞いてるか？　嬢ちゃんから聞いてきたと思ったんだけどな？」

ファクルさんの指摘に、ハッとなります。

「だ、大丈夫ですよ？　ちゃんと聞いてますよ？　決してどーなつに夢中になってなどいません……よ？」

「…………嬢ちゃん、勇者だし、めちゃくちゃかわいいんだけど、割とポンコツなんだよなぁ」

ファクルさんがわたしに聞こえない小さな声で何かを呟いて、とてもやさしい眼差しで見つめてきます。何でしょう？　少しドキドキしますね。

ファクルさんがため息を吐き出してから、話してくれました。

「王子様たちに役立たずだからってパーティーを追放されて……って嬢ちゃん、そんな悲しそうな顔するなよ」

「でも！」

「美人が台無しだ。だからほら、笑ってくれ」

美人って言われました！　ア……何とかという王子様たちに同じようなことを言われていましたが、ちっとも心に響かなかったのに。どうしてファクルさんに言われると、こんなにドキドキするんでしょう。不思議です。謎すぎます。

「本当にもういいんだ。自分自身の限界も感じていたしな」

「限界って……？」

「俺は冒険者を辞める」

「ああ、なるほど。そういう意味ですか——って、えええええええええええっ!?　ファクルさん、冒険者辞めちゃうんですか!?　ど、どどど」

「ドーナツか？　嬢ちゃん、本当に食いしん坊だなぁ。ほれ」

「わっ、ありがとうございます！　いただきます！」

ファクルさんが差し出したどーなつを受け取ったわたしは、さっそくいただこうとして、

「って、違います！　そうじゃありません！　どうして冒険者を辞めるって話になるんですか!?」

「俺は所詮、Cランクの冒険者だ」

冒険者ギルドにはランクがあります。下からF、E、D、C、B、A、S、SS、SSSとなっていて、Cランクになって、ようやく一人前の冒険者と認められるらしいです。

で、そこから上のランクになるには実力だけでなく、運やら何やらが必要になってくるそうで。

ファクルさんにはそれが足りずに、万年Cランクで燻《くすぶ》っているおっさんだと、冒険者ギルドでは陰口を叩かれていたらしいです。

その人たちはファクルさんの何を見て、そんなふうに思ったのでしょうか。まったく腹立たしいです。ファクルさんはとってもすごい人なのに！　わたしにいろんなことを教えてくれた、本当にすごい人なのに！

「所詮なんかじゃありません！　ファクルさんは凄腕のベテラン冒険者です！　だから辞めないでください！」

「そんなことを言ってくれるのは嬢ちゃんだけだ。ありがとな」

困ったように、でも、どこか照れくさそうにファクルさんは笑いました。

「けど、さっきも言ったとおり、俺は自分自身の限界を感じていた。これから先、どれだけがんばっても、これ以上強くなることはないだろう。嬢ちゃんの強さを改めて目の当たりにして実感したんだ」

「それって……もしかしてわたしが原因で、ファクルさんが冒険者を引退するってことですか……？」

「ま、待て待て落ち着け！　そんな蒼い顔をするんじゃない！　確かに俺は冒険者を引退するが、人生を諦めるわけじゃないんだ。俺は食堂を開こうと思う」

「食堂……ですか？」

「ああ、そうだ。いきなりだって思うか？　まあ、思うよな。自分でも驚いてる。けどな？　俺が食堂を開きたいだなんてことを思うようになったのは嬢ちゃんがいたからなんだぞ」

「え？」

「俺の師匠は無茶苦茶な人でな。自分に弟子入りするからには自分の持っている技術をすべて覚えろって言って、いろんなことを覚えさせられたんだ。その中には冒険者にはおよそ関係ない『料理』も含まれていて、料理はそれで半ば無理矢理覚えさせられたようなものだったんだ」

けど、とファクルさんが続けます。

「そんな俺の料理を、嬢ちゃんはいつだって喜んで食べてくれた。自分の作った料理が誰かに喜んでもらえる。それがこんなにうれしいことだなんて、俺は知らなかった。嬢ちゃんが俺に教えてくれたんだ。料理することの喜びを」

ファクルさんはそう言って、「ありがとう」とお礼を言いました。

でも、それは違うとわたしは思います。だって、料理をしている時のファクルさんは、いつだって楽しそうでしたし、うれしそうでした。だから、わたしと出会っていなくても、きっといつか、料理の道を進んで、食堂を開いていたと思います。

ですが、それでも、そうやってわたしのおかげだと言われて、うれしくないわけがありません。

わたしが、ファクルさんが冒険者を辞めるきっかけになってしまったことは悲しいことですが、でも、ファクルさんが新しい道を進むことは素直におめでたいことだと、そう思います。

「俺はこれから、自分のペースで、のんびり、ゆったり、やっていくよ。まあ、あれだな。引退冒険者のスローライフってやつだな」

そう言い切ったファクルさんの顔は晴れやかで、迷いなんてものはなくて……その横顔にわたしは見とれてしまいました。

「？　どうした嬢ちゃん、ぼーっとして」

「ファクルさんに見とれていました」

「は？」

「あ、な、何でもありません！」

「お、おう。そうか」

なぜか熱くなってしまった顔をファクルさんに見られたくなくて、わたしはそっぽを向きます。だから知りませんでした。

ファクルさんがわたしと同じように、耳まで真っ赤になっていたなんて。

もしこの時、わたしがそっぽを向いていなかったら、きっと視線を逸らして照れた顔を隠すファクルさんの姿を見ることができたのに。


馬車や人が踏み固めてきた道を、わたしたちは歩き続けます。

「その食堂はどこで開くか決めてるんですか？」

「どこで開くも何も、まだ何も決めてない状況だ。実際、食堂を開こうと思い立ったのは、嬢ちゃんに再会してからだしな」

「なるほど、そうだったんですか――って、ちょ、ちょっと待ってください。わたしと再会してから決めたって、いったいどういうことですか!?」

「俺が作ったドーナツを、嬢ちゃんが実にうまそうに食ってる姿を見て『これだ！』って思ったんだよ」

　ファクルさんが笑います。

「か、からかわないでください！」

「からかってなんかいねえよ」

　とか言いながら、ますます笑みが深まっているんですけど。本当……なのでしょうか？　だとしたら、ううっ、恥ずかしいです。

「まあ、店のことをいろいろ決める前に、故郷に戻るつもりだ。いろいろとけじめをつけないといけないしな」

「けじめ？」

「あー……まあ、その、なんだ。冒険者になるって家を飛び出したもんだからよ。筋を通したいんだよ」

「ファクルさん、やんちゃだったんですね」

　まさかそんな過去があっただなんて。

「呆れたか？」

「いいえ、何だかかわいらしいです」

「そうか、かわいらしいか――って、何でだよ!?　どこにかわいらしい要素が!?」

「ところで、ファクルさんの故郷はどちらになるんでしょう？」

「え？　あ、ああ。ヌーリ地方の田舎だな」

「ということは、けっこうな長旅になりそうですね」

「だな――――ってちょっと待て」

ファクルさんが足を止めました。どうしたんでしょうか？

「嬢ちゃん、ついてくるつもりか？」

「はい、そうですけど？」

「いや、そこで不思議そうに首を傾《かし》げられてもな。……かわいいが」

ファクルさんが最後、聞こえない声で呟きます。

「何でだ？　どうしてついてくる？」

「そんなの決まっています。好きだからです！」

ええ、そうです！　ファクルさんにわたしがついていく理由は一つしかありません！

「大好きなんです！　ファクルさんの作るお料理が……！」

それに、ファクルさんがどんな食堂を開くのかも気になります！　――って、理由、一つじゃありませんね。

「くっ、わかっちゃいたけど……このポンコツ娘の発言は心臓に悪いっ！」

ファクルさんが胸元を押さえて、苦しそうな表情をします。

「てか、その物言いは何だ⁉　あれか？　俺の純情を弄《もてあそ》んでいるのか⁉　そうなのか⁉」

「あの、ファクルさん……大丈夫ですか？」

「え？　あ、ああ、大丈夫だ。別に何ともない」

言いながら、ファクルさんがわたしの頭を撫でました。「心配かけて悪かったな」と言いながら。

「って、悪い。嬢ちゃんのこと、撫ですぎだよな。今さらだけど」

「そんなことありません。わたし、好きですから」

「ま、またか。……どうせあれだろ。撫でられるのがとか、そういう話だろ？」

「そうですね。ファクルさんに撫でられるの大好きですし」

「……え、俺限定？」

「それに、ファクルさんの手は大きくて、ごつごつしていて、何だかとっても頼りがいのある感じがして、好きなんです」

「………………そ、そうか」

「はい！」

どうしたんでしょうか。ファクルさんがそっぽを向いてしまいました。わたし、何か変なことを言ってしまったんでしょうか？

気になって聞きましたが、ファクルさんは教えてくれませんでした。

「ファクルさんはケチです！」

「ああ、もうケチでいいよ……」

なぜかとても疲れたような顔で言われてしまいました。ケチでいいとか、ファクルさんは変な人ですね。

そんな感じで、わたしたちが街道を歩いていた時でした。道の真ん中に馬車が止まっているのが見えました。それだけなら気にせず通り過ぎたのですが、その周囲に人が倒れていたのです。

「どうかしたんでしょうか？」

「倒れてる奴らの装備からすると……盗賊とか、そんな感じか？」

だとすると、襲われたということなのでしょうか。わたしたちは顔を見合わせ、駆けつけます。

馬車の中から切羽詰まった声が聞こえてきます。

「クリス様、しっかりしてください！」

「どうした⁉ 何があった⁉」

ファクルさんが馬車の中に乗り込みます。中にいたのはわたしと同じような金色の髪をした、わたしより二、三歳くらい年上の女の子と、その女の子に必死に呼びかけるイケメン二人でした。

話を聞けば、旅をしていたところ、盗賊たちに襲われ、何とか撃退したものの、盗賊のうちの一人が毒のついた刃でもってク……何とかと呼ばれた美少女を傷つけたというのです。

「なるほど、そういうことですか。なら、わたしに任せてください」

イケメンさんが「何を言っているんだこいつ？」という顔をした後、わたしを見つめ、ぼーっとします。わたしの顔に、何か変なものでもついているんでしょうか？ 気になりましたが、今は時間がありません。

「わたし、回復魔法を使えますので」

神官さんが使っているのを見ていたら、覚えることができたのです。

「頼む、嬢ちゃん」

ファクルさんにそう言われたら、がんばらないわけにはいきません！

それに、この美少女には、他の人からは感じることができないものを感じられるのです。それが何なのか……とても複雑で上手く言葉に表すことはできません。それでもあえて形にするとすれば……同志、でしょうか。同じつるーんで、ぺたーんな人生を強く生きましょう……！

さて、そんなわけでわたしは気合いを入れて、光属性の回復魔法を美少女に施しました。わたしの手のひらから緑色のやさしい光が放たれ、美少女の体に吸収されていきます。

「これで大丈夫です」

それからさほど時間が経たないうちに、美少女が目を覚ましました。わたしを見て、呟きます。

「女神様だ……」

この子は何を言っているのでしょう？　わたしは普通の女の子です。

「もう大丈夫だと思いますが、しばらくは安静にしておいた方がいいと思います。それでは」

心の中で同志を励ましながら、わたしはファクルさんとともに歩き出します。

そんなわたしたちを、美少女が引き留めます。

「あ、あの！　僕と結婚してくださいっ！」

さっきといい、今といい、この子は本当に何を言っているのでしょう？

「同性同士で結婚ってできるんですか？」

「え？　もしかしてあなたは男なんですか？」

そう言って美少女が驚愕の表情を浮かべます。男の子に間違われたのは初めてです。

「いえ、わたしは女の子ですよ？」

「なら、大丈夫です！　僕は男ですから！」

「……わたしの耳がおかしくなったんでしょうか？」

ファクルさんを見ました。

「大丈夫だ。俺にもちゃんと聞こえたから」

「では……本当に？　あなたは男性なんですか？」

「はいっ！　だから結婚しましょう！」

「お断りします」

内心、裏切られました！　とショックを受けながら、わたしはそう言いました。

男の人なら、つるーんで、ぺたーんなのも当然ですね。ぐぬぬ……仲間を見つけたと思ったのに。

「そうですかっ。では結婚式を挙げ——って、今、なんて!?　僕の聞き間違いでなければ、断るって言いましたか!?」

「大丈夫ですよ、聞き間違いじゃありません。ちゃんと言いました」

「そ、そんな……僕と結婚したいという人は星の数ほどいるというのに……」

そんなにたくさんの方にプロポーズされているんですね。

「すごいな、おい」

ファクルさんが感心しています。

「興味があるんですか？」

「あ、あれ？　なんか嬢ちゃん、怒ってる……？」

「怒ってません！」

「いや、怒ってるだろ⁉」

「怒ってないでぷー！」

「かわいいな、おい！　じゃなくて。怒ってるよな⁉」

本当に怒ってません。ただちょっと、胸の奥がモヤモヤしただけです。

何ででしょうか。ファクルさんが、このク……何とかという美少女みたいな男の人が、たくさんの方からプロポーズされているらしいと知って、羨ましそうにしているように見えただけなのに。それだけで……何でこんな感じになるのでしょう？　とても不思議です。

「話がそれだけなら、わたしたちはこれで失礼しますね。行きましょう、ファクルさん」

わたしはファクルさんの脇腹をつねりながら、その場から立ち去ります。

「い、痛い、痛いぞ嬢ちゃん！」

「これぐらいの痛み、ファクルさんならへっちゃらです！　わたし信じてますから！」

「何そのよくわからない信頼感⁉」

驚きながらも、ファクルさんは何だかうれしそうでもありました。痛いのがうれしいんでしょうか？　だとしたらファクルさんは変な人です。まったく困った人ですね。ふふっ。

「てか、いいのか嬢ちゃん？　あいつはけっこうなイケメンだぞ……？　それなのにプロポーズを断っても」

「興味がないので」

「その顔を見る限り本気で言ってる感じなんだよなぁ……」

「もちろんです。これっぽっちも、微塵《みじん》も、まったく興味がありませんからね」

「も、もう、やめてあげて！　あいつの生命力はもうないから！」

ファクルさんが、馬車から飛び出してわたしたちを追いかけてこようとした美少女――じゃなかったですね。男の子のことを、そうやってかばいました。

無理もありません。回復魔法で傷を治して体から毒を抜きはしましたが、体力まで戻ったわけじゃないですからね。馬車から飛び出すなんて無茶な真似をしたら、生命力が大変なことになるのは当然です。

でも、一緒にいるイケメンさんが何とかしてくれるはずです。今も「気をしっかり持ってください、若様！」「大丈夫ですよ、若様はかっこいいですから！」「さす若！」とか応援してますし。

「……まあ、王子様たちのプロポーズを蹴ったくらいだもんな。顔がいいってぐらいじゃ、嬢ちゃんがなびくわけねえか」

ファクルさんが何か呟いて、苦笑しました。

「そんなことより、ファクルさん。ファクルさんがどんな食堂を開くのか知りたいです！　間取りとか、メニューとか！　デザートは出ますか？　ぷりんとか、どーなつは絶対に出して欲しいです！　あとはあとは……！」

「落ち着け、嬢ちゃん。時間はいっぱいある。ちゃんと話すから」

「はい……！」

時間はいっぱいある。それはファクルさんがわたしの同行を認めてくれたということ――ですよね？　そう思ったら、わたしはうれしくてたまらなくなってしまいました。

「ファクルさん、ありがとうございます！」

「何だよ急に、礼なんか言って」

「えへへ、秘密です！」

「……変な嬢ちゃんだなぁ」

ファクルさんが笑います。わたしも笑います。

これから先も、こんなふうに過ごせるんですね。ファクルさんと一緒に！　わたし、本当にうれしいです！

◇◇◇　おっさんの料理は世界一。

ファクルさんとふたりきりで、ファクルさんの故郷を目指す旅をしていたはずなんですけど……どうしてなのでしょう。いつの間にか、同行者が増えていました。

「なるほど、アルアクルさんは勇者様だったんですね！」

数時間前、盗賊の毒攻撃で大変なことになっていたところを、わたしが回復魔法を使って事なきを得た、ク……何とかという美少女――じゃなくて、男の子です。この子が女の子だったら、つるーんで、ぺたーんな同志だったのに。本当に……本当に残念で仕方ありません。ぐぬぬ。

でも、この子、本当に女の子みたいなんですよね。白くてきめ細かい肌、長いまつげに縁取られた大きな瞳、ゆるく波打った目映い金髪。身につけているものも、かなり上等な感じです。

――って、話が横に逸れてしまいましたね。ク……何とかさんたち一行が同道することになった理由です。

『確かに僕のことを何も知らないのに、いきなり結婚してくださいというのも無理な話ですよね。なので、あなたたちの旅に同行させてください！　そして僕のことを知ってください！』

と言い出したからです。

わたしはこの人と結婚するつもりはありません。だから貴重な時間を奪うだけですとお断りしたのですが、それでもク……何とかさんは諦めないと言い張りまして。

するとファクルさんが言ったんです。旅は道連れ、同行者が多い方がいろいろ安心できるだろうって。だから一緒に行くのもいいんじゃなかって。

ファクルさんの言いたいことはよくわかります。ア……何とかという王子様たちがいた時も、同行者が多いということでいろいろ安心――あれ？　あまり安心できることはありませんでした。

あの方たちがいたことで、行く先々で女性に関するトラブルに巻き込まれましたし。この人もたくさんの女性にプロポーズされたと言っていたぐらいですから、きっと同じようなことになるはずです。

わたしがそのことを告げると「僕はもうあなた一筋ですから！」とか、「快適な旅を提供しますからぁ！」とか、すがるように言われてしまって。最終的にファクルさんが執り成す形で、同行することになったのです。

今、ク……何とかさんの馬車の中で、ファクルさんとク……何とかさんが楽しそうに話しています。残念です。せっかく、ファクルさんと二人きりの旅だったのに。……あれ？　わたし、今、どうして残念だなどと思ったのでしょう？

「嬢ちゃん、大丈夫か？」

考え込むわたしの顔を、ファクルさんが覗き込んできます。やさしい垂れ目が、心配そうな光を宿しています。不謹慎ですが……ファクルさんに心配されていることをうれしいと思ってしまうわたしがいました。

「大丈夫です。考えてもよくわからなかったので」

「考え事をしてたのか」

「はい。ファクルさんと二人きりの旅じゃなくなったことが残念だなと思った理由を考えていたんです。でも、それがよくわからなくて」

「は？　俺と二人きりじゃなくなったのが残念……？」

そのとおりだったので、わたしは頷きました。

「へ、へぇ……そ、そうか。ふーん」

どうしたのでしょう。ファクルさんが挙動不審です。真っ赤になったと思ったら、目がきょろきょろと泳ぎまくりで、目が溺れてしまうんじゃないかと心配になってしまいます。

「あの、大丈夫ですか？」

「だ、大丈夫らりょ!?」

ファクルさんが噛みました。そしてさっき以上に真っ赤になって顔を両手で覆って隠すと、ぷるぷる震えながらうずくまってしまいました。いったい何があったのでしょう。

それにしても、このファクルさん、ちょっとかわいいです。いえ、かなりかわいいです……！

「くっ……僕のつけいる隙はなさそうだっ。でも、諦めきれないこの恋心っ！　アルアクルさん、僕と結婚してくださいっっっ！」

「お断りします絶対に無理ですごめんなさい」

「あ、諦めませんからぁっ……！」

こんな感じで、わたしたちの旅は続きます。


それから馬車に揺られること、しばらく。わたしたちは、ちょっと大きめの町に着きました。

「で、ク……何とかさん」

「はい、クナントカですよ！　アルアクルさん！」

「いや、違うだろ!?　お前、クリスって名前だったろ!?」

ファクルさんがツッコミを入れました。

「いやぁ、そうなんですけどね？　アルアクルさんがそう呼ぶなら、いっそのことクナントカに名前を変えるのもありかな～って。あははは」

「いいのかそれで!?　お前、大商会の跡取り息子なんだろ!?」

そうなのです。このク……何とかさんは、大きい商会の跡取りさんらしく、こうして旅をしているのは、将来、店を継ぐ時のために見聞を広めているらしいのです。

「いや、まあ、本人がそれでいいならいいんだけど……本当にいいのか？」

「はいっ！　むしろ一周回ってご褒美《ほうび》みたいな感じだと思いません!?」

「思わねぇよ！　何だよお前、変態じゃねぇか」

「いやだなぁ、そんなに褒《ほ》めないでくださいよ～」

「褒めてねぇ！　どこにも褒めてる要素がねぇ！」

二人が何だかとても楽しそうです。むう。

「って嬢ちゃん、頬を膨らませてどうした？」

「別に、何でもありません」

「めちゃくちゃ何でもあるって顔で言われてもな。……ドーナツ食べるか？」

「何ですかそれ。わたしには食べものを与えておけば問題ないみたいな対応は、いかがなものかと思うんですけど」

「とか言いながら、しっかりドーナツを受け取って食べてるんだよなぁ」

い、いや、どーなつに罪はないですからね。はむはむはむっ。

　それにしても、本当にファクルさんの作るものはおいしいです。いえ、おいしすぎます。どーなつの一口噛んだ時のサクサクした食感、それなのに口の中では甘さとともにホロホロ崩れていって、何度食べても感動します……って、違います違います！　どーなつを食べて感動している場合じゃありません！

「あの、クナントカさん」

「はい！　今後ともぜひそのままクナントカと呼び続けてください！」

　とてもうれしそうです。顔の造作はとても整っているのに……何というか残念な感じです。女性たちが見たら、がっかりするのではないでしょうか。

「この町においしい食堂があるという話でしたけど」

　馬車の中で、わたしとファクルさんが、ファクルさんが開こうと思っている食堂の話をしていたら、参考になるかもしれないと教えてくれたのです。

「その食堂はおいしそうな匂いが外にまで漂っていて、いつも人がいっぱいで、とても繁盛しているんですよ！」

　クナントカさんの説明に、わたしはそのお店のことを頭の中に思い浮かべました。

「ファクルさんが開く食堂の参考になるといいですね」

「ありがとな、クリス」

「いえ、気にしないでください」

　ファクルさんにお礼を言われて、クナントカさんが微笑みます。

くっ。羨ましくなんて思わないですからね！　本当ですよ！

「あの、ファクルさん！　わたしにできることがあったら、何でも言ってくださいね！　わたし、がんばりますから！」

「どうした嬢ちゃん、いきなりそんなこと言い出して」

首を傾げながらも、ファクルさんは「その時が来たら頼むな」と微笑んでくれました。とてもやさしい感じの、素敵な笑顔です。クナントカさんには、こんな笑顔じゃありませんでした。

「何か勝ち誇った感じの笑みをアルアクルさんが向けてきてるんですけど！　かわいいなぁ！」

クナントカさんが小声で何かを呟いて、うれしそうです。変な人ですね。

「あ、もうそろそろですよ。この道を曲がったところがそうです……さあ、着きましたよ！」

クナントカさんに続いて、わたしとファクルさんも馬車を降ります。

馬と馬車の面倒は、馭者《ぎょしゃ》も務めていたイケメンさんたちにお任せです。

「この店か…………本当に？」

ファクルさんが首を傾げます。わたしもその意見に賛成です。だって、おいしそうな匂いは漂ってきませんし、人がまったくいません。

「あ、あれ？　僕の記憶に間違いはないんですけど……」

確かに食堂ではあるようで、お店の入口にはメニューが書かれた看板が立てられていますし、木の扉には『営業中』の札も下がっています。

「まあ、とりあえず入ってみるか」

ファクルさんに続いて、わたしたちは店の中に入っていきました。

お店の中には、人がいませんでした。

あ、いえ、います。このお店のご主人でしょうか。女の人です。いらっしゃい、とわたしたちを出迎えてくれました。でも、それ以外にお客さんと呼べる人はいません。

適当に「できるものをお願いします」と注文して、料理がやってくるのを待ちます。

「お待ちどう」

出された料理はでっかいお肉の塊、豆、野菜が入ったスープ。それに堅そうな黒いパンです。

おいしそうな匂い、まったくしません。それどころか、お肉の臭みや野菜の青臭さが漂ってきます。で、ですが、食べてみたら、これが意外とおいしいのかもしれません。

さっそくいただきました――が。わたしもファクルさんもクナントカさんも、黙《だんま》りです。

なぜなら、まったくおいしくなかったからです。スープは最初に感じた印象どおり。臭いし、味が薄いですし。黒いパンもボソボソしていて、口の中の水分が全部持っていかれる感じです。

「クナントカさん、ここまで大変お世話になりました。ここから先はわたしとファクルさんだけで旅を続けたいと思います」

「ま、待ってください！　これには深い事情があるんですよ！　……たぶん」

最後、声が小さくなってしまったのは、自分の発言に自信がないからでしょうか。

「女将《おかみ》、ちょっと話を聞きたいんだが、いいか？」

ファクルさんがこの店のご主人に呼びかけ、話を聞くことになりました。

わたしたち以外にお客さんがいないということで、ご主人は話に応じてくれました。

で、話を聞いたところ、元々、このお店のご主人は女将さんの旦那様でした。ですが、魔王の配下の魔物がこの町を襲い、旦那様は武器を持って立ち上がりました。この町を――いいえ、この町で暮らす女将さんを守るために。

立ち上がったのは、旦那様以外にもたくさんいました。その甲斐もあって魔物を退治することはできましたが……ご主人は亡くなってしまいました。

「ごめんなさい！　わたしがもっと早く魔王を倒していれば……！」

魔王を倒した今、いくつかの例外はありますが、魔物の動きは沈静化しています。

わたしの言葉に困惑する女将さんに、ファクルさんがわたしが勇者であることを説明してくださり、女将さんがわたしを見ます。真っ直ぐなその瞳を、わたしは見返すことができません。

「ありがとう、お嬢さん」

本当は言いたいことがいっぱいあるんだと思います。どうして早く魔王を倒してくれなかったのか。そうしたら自分の夫は亡くなっていなかったかもしれないのに！　と。

それなのに女将さんは、お礼を言ってくれたのです。

「お嬢さんが魔王を倒して……これから平和な時代になっていくんだね」

そんなふうに言われたのは初めてでした。だって、一緒に旅をしていたア……何とかという王子様たちは、わたしが魔王を倒した直後には「国に帰って結婚しよう！」だとか、「盛大なパレードを行おう！」とか、そんなことばかり言っていて……。

「勇者様ががんばっているって話は聞いてたけど……そうかい。お嬢さんみたいな女の子が、あたしたちのためにがんばってくれてたんだねぇ」

違います。わたしは、わたしの身近にいた人を守りたくて。その人たちのために、自分ががんばれるならって。そんな理由で……。

「ありがとうね、お嬢さん」

女将さんに抱きしめられました。

わたしは母親を知りません。でも、女将さんの胸の音を聞きながら、お母さんはこんな感じなのかもしれないと、そう思いました。

女将さんの胸で、わたしは少しだけ泣いてしまいました。ファクルさんに気づかれてないか心配です。だって気づかれていたら、恥ずかしいですから。

でも……声を出して泣いていたので、きっと気づいていますよね。

だけど……ファクルさんはただ笑顔で「よかったな」とわたしの頭を撫でてくれました。

クナントカさんがファクルさんの真似をして撫でようとしてきましたが、丁重にお断りしました。

「くっ、どうして僕には撫で撫でさせてくれないんですかっ!?」

「当然です。わたしの頭はファクルさん専用ですから！」

「……嬢ちゃん、その発言はいろいろと誤解されやすいからやめてくれ」

顔を背けてぷるぷる震えるファクルさんにそう言われましたけど、何を誤解されるというのでしょう？

ともあれ、このお店にはそういう事情があったのです。旦那様が守ってくれたこの町で、この店で、生きていくと。

ただ、見てのとおり、お客さんがいません。女将さんは料理が苦手だったのです。このままでは、そう遠くないうちに立ちゆかなくなるでしょう。

「あの……ファクルさん、お願いがあるのですが」

「わかってる。この店の力になってやれって言うんだろ？」

「はい。ダメ……ですか？」

「ダメじゃねえよ」

ファクルさんが女将さんに、厨房を見せて欲しいとお願いします。

「いいけど……」

女将さんは不安そうです。ファクルさんはいかにも冒険者という見た目ですからね。そんな人に何ができるのかと思っているのかもしれません。

「大丈夫です！　ファクルさんの作るお料理はすごくおいしいんです！」

わたしはファクルさんの作るお料理がどれだけおいしいか、それはもう一生懸命、力説しました。

「――つまり、ファクルさんのお料理にひたむきな姿勢がお料理に宿って、ファクルさんのお料理は心の奥をぽかぽかに、しあわせな気持ちにさせてくれるお料理なんだと思うんです！」

「嬢ちゃん、それ以上は勘弁してくれ！　恥ずかしすぎて死ぬるから！」

ファクルさんに止められてしまいました。あと十時間近くは語れるのに……とても残念です。

それからファクルさんは厨房を覗き、みそ？　とかいうのと、しょーゆ？　とかいうのを見つけて言いました。

「女将の旦那は料理が好きだったんだな」

聞けばみそとかしょーゆというのは、使い方が難しいそうで、ファクルさんもお師匠様に教わってようやく使えるようになったらしいです。

そのお師匠様直伝の料理を、ファクルさんは慣れないはずの厨房で、それはもう見事な手際で作ってくれました。特に刀から包丁に持ち替えて食材を刻む鮮やかな手つきと言ったら、まるで魔法を見ているかのようでした。

「嬢ちゃん、魔法はいくら何でも大げさだ」

わたしの感想にファクルさんが苦笑しますけど、

「そんなことありませんっ！　食材が、こう、タタタタンッ！　と切り分けられていく感じとか、思わず見とれてしまいましたっ！」

わたしの言葉に、クナントカさんだけでなく女将さんも頷いて賛同してくれました。

ファクルさんは照れた様子でまごまごして、

「ま、まあ、それはさておき、できたぞ。オークの肉を使ったトゥン汁に、同じオークの肉を使ったカトゥ丼だ」

トゥン汁にカトゥ丼……聞き覚えがあります。魔王退治の旅を一緒にしていた時、いつか作ってくれると約束していたお料理です。

「食べてみてくれ」

カウンターに出されたお料理を、わたしたちは揃っていただきました。

まずはカトゥ丼です。オーク肉に衣をつけて油で揚げたカトゥを、しょーゆが決め手の甘辛いタレで煮て、ふわふわ卵でとじています。その下にはコメと呼ばれるものを炊いたゴハンというもの。見ただけでわかります。これは間違いなくおいしいです。いえ、そもそもファクルさんが作るお料理においしくないものはなく、実際に食べればあまりのおいしさにパクパクと頬ばる手が止まりません。おいしい！　おいしすぎます！　もう一杯！

さらにトゥン汁という、カトゥ丼と相性抜群のスープの素晴らしさ！　スプーンで口に運べば、白いデェコンや橙色のニジンといった根菜類とオーク肉を煮込んで出たうま味と、みそという独特の調味料が醸《かも》し出す深い香りが口の中に広がって、胸の奥があたたかくなります。そしてなぜだか、一緒に育った孤児院のみんなのことが思い出されて仕方ありません。

わたしの隣で無心で頬ばっていた女将さんが、はぁ……と深いため息を吐き出して言いました。

「包丁捌《さば》きだけじゃなくて、こんなにうまいものを作れるなんて。あんた……ただの冒険者だと思っていたのに、本当にすごいんだねぇ」

「はいっ！　ファクルさんは本当にすごいんです！」

「なんで嬢ちゃんがそんなにうれしそうなんだよ」

「ファクルさんが褒められているからですよ！　当たり前じゃないですか！」

「お、おう、そうか。当たり前か」

ファクルさんがむせています。大丈夫でしょうか。心配です。

「この料理ならそう難しくないし、名物になるだろ」

「いいのかい、こんなにうまい料理の作り方を教えてもらっても？」

「もちろん。何せ勇者様の願いでもあるからな」

ファクルさんがわたしを見て、ニカッと笑いました。胸の奥がドキッとなりました。

それから数日、この町に滞在して、ファクルさんは女将さんにトゥン汁とカトゥ丼の作り方を教えることになりました。

いい匂いがするとお客さんが集まってきて、わたしとクナントカさんは給仕のお手伝いをしました。

トゥン汁とカトゥ丼を食べたお客さんはそのおいしさに驚き、近所の人たちにその話をして、その話を聞いたお客さんがやってきて……というしあわせな連鎖が続いて。お店はクナントカさんの話に聞いていたとおりの賑わいを取り戻しました。

わたしたちのお手伝いはこれで終わりです。

「ありがとう、皆さん。これからもがんばるから。近くに来ることがあったら、ぜひ寄ってってね」

「はいっ！　必ず寄ります！」

旅立つわたしたちを、女将さんはいつまでも笑顔で見送ってくれました。

わたしはこの町での出会いを、絶対に忘れません。また、そんな出会いを作ってくれた人にも感謝しないといけませんね。

「ありがとうございますね、クナントカさん」

「アルアクルさんにお礼を言われた！　結婚してくださいっ！」

「ごめんなさいそれは絶対に無理です」

「わかってましたっ！」

こんなふうに断ってもすっごい笑顔を浮かべるなんて、クナントカさんは変な人ですね。

◇◇◇　勇者、深淵を覗いてしまう。

魔王退治の旅を経てそれなりに強くなったという自負があるわたしですが……勇者の力を以《もっ》てしてもどうにもならないことがあるのだと、最近、思い知らされました。

知っていましたか？　勇者の力は万能じゃなかったのです……。

わたしたちは街道を旅しています。両脇は大きな木で遮《さえぎ》られ、視界はよくありません。

魔王を退治した今、魔物たちは以前のような統率の取れた動きをすることはありませんが、それでもやはり襲いかかってくることがあります。今がまさにその時で、わたしの出番です。

「ファクルさん、クナントカさん、ゴブリンが来ますので行ってきます！」

ゴブリンというのは、緑色の肌、赤く血走った鋭い目、黄ばんだ乱杭歯《らんぐいば》を持つ、子ども程度の大きさの魔物です。一見したところ弱いと思われがちですが、性格は残忍で、群れで襲ってくることがあり、そうなるとベテラン冒険者でも苦戦します。

「あ、おい！　嬢ちゃん！」

わたしは聖剣と聖鎧を召喚して装備すると、ゴブリンたちの元へ赴き、バッタバッタとなぎ倒しました。ア……何とかという王子様たちがいた時は「さすが勇者！」と合いの手が入るのは、このタイミングです。結婚するつもりもないですし、凱旋パレードやパーティーにも、まったく、これっぽっちも興味はありませんが、王子様たちの合いの手が少しだけ懐かしく――ありませんね。

ええ、ちっともです。

「鎧袖一触《がいしゅういっしょく》とは、まさにこのことですね……！　アルアクルさんが勇者であると伺っていましたが、想像以上の強さでした！」

クナントカさんが目を輝かせて言いました。

「確かに、嬢ちゃんは強い」

ファクルさんもそう言ってくれました。うれしいです！　飛び跳ねたくなります！　わたしが全力で飛び跳ねると雲を突き抜けてしまうのでやりませんが。

「けど、一人で、いきなり飛び出していくのはダメだ。もっと強い魔物がいたらどうする」

浮かれていた気持ちが、一瞬にしてぺちゃんこになってしまいました。

「……すみませんでした」

「その顔、反省したみたいだな。なら、説教はここまでだ。……無事でよかった。ほっとした。まあ、勇者である嬢ちゃんをどうにかできる奴なんて、滅多なことじゃいないだろうけどな」

わたし、ファクルさんに心配をかけてしまったんですね。

「えへへ」

「おい、怒られたばかりで、なんで笑ってる?」

「秘密ですっ」

ファクルさんが心配してくれたと思ったら、うれしくなったんです。

「強いアルアクルさんは最高です! 僕、改めてアルアクルさんを好きになりました! 結婚してください!」

クナントカさんがわたしに向かって、手を差し出してきます。わたしはクナントカさんに向き直ると、ぺこりと丁寧に頭を下げます。

「お断りいたしますごめんなさい」

「くぅっ、今日も『ごめんなさい』いただきました~!」

クナントカさんがうれしそうに身をよじります。

「断られて喜ぶとか変態だな、おい」

ファクルさんの言うとおりだと思います。

「いやだな、ファクルさん。そんな褒めないでくださいよ~」

「いや、誰も褒めてねえし」

「え!?」

「何で驚いてるんだよ!?　こっちが驚きたいよ！」

「では、どうぞ」

「びっくりしたぜ！　――って何をやらせるんだよ！」

二人とも声を出して笑って、とても楽しそうです。

一緒に旅をしているのだから、ギスギスしているより、よっぽどいいことだと頭ではわかっています。でも、楽しそうに盛り上がっている二人を見ていると、胸の奥がモヤモヤしてくるのです。わたしの方がファクルさんとの付き合いは、ずっとずっと長いんですから！　と激しく主張したくなってくるのです。

「……で、嬢ちゃん、いきなり何をしているんだ？」

ファクルさんが聞いてきます。

「別に何もしていません」

「いや、してるだろ？　俺の腕に思いきり抱きついてるじゃねえか！」

「うわ、いつの間に。びっくりですね？」

「だな――じゃねえ！　それは俺の台詞だからな？　嬢ちゃんの台詞じゃないからな？」

「仕方ありません。では、ファクルさんにお譲りします」

「譲ってくれてありがとうよ。……てか、いつまで抱きついてるんだ？」

「ダメですか？」

「ダメだろう？」

「どうしてですか？」

「ど、どうしてって……嬢ちゃんの胸の感触が……あれ？　あんまりねえな」

「今、何か言いましたか？」

自分でもびっくりするぐらい低い声が出ていました。

「な、何も言ってない！」

「そうですか。では、今のはわたしの空耳ですね」

「あ、ああ、そうだ。空耳だ」

「わたし、つるーんとか、ぺたーんという言葉が、あまり好きじゃないんです」

「……お、おう」

ファクルさんが冷や汗を流しています。なぜでしょうか。不思議ですね？

「ま、まあ、それはそれとしてだ。とにかくあれだ。嬢ちゃんもこんなおっさんに抱きついても仕方ねえだろ？」

「何言ってるんですか、そんなことありません！　ファクルさんにこうするの、わたし好きですから！」

「……そ、そうか」

ファクルさんが真っ赤になってしまいました。

「すごく安心……そう、安心できるんです」

ファクルさんとこうしていると、胸の奥があたたかくなります。その感覚を言葉にした時、『安心』という形が浮かんできたんです。

「……そういえば嬢ちゃん、孤児院育ちって言ってたな」

「はい、そうですよ。孤児院の前に捨てられているのを、院長先生が見つけてくれたんです」

それを寂しいとも、悲しいとも思いません。両親にもきっとやむにやまれぬ事情があったんだろうなとか、そんなふうにも思いません。生んでくれたことには感謝しています。でも、それだけです。わたしの家族は、あの孤児院のみんなです。院長先生に、カーネル、サーシャ……他にもいっぱい。だから寂しくありません。孤児院はいつも賑やかでしたしね。

さっきまで真っ赤になって恥ずかしそうに身をよじっていたファクルさんが、穏やかな眼差しになり、わたしの頭を撫でてくれます。そして、しばらくの間、わたしが抱きついていることを許してくれました。

夜になりました。町にたどり着くことができずに、今日は野宿です。

勇者として魔王退治の旅をしていた時にも野宿することはありましたが、その準備のほとんどをファクルさんがしてくれていました。わたしも手伝いを申し出たのですが、勇者の仕事は魔王を退治することだと言ってくれて。

ファクルさんの手際は本当に見事なもので、初めて目の当たりにした時の感動は、今でもはっきりと思い出すことができます。その時に興奮して「すごい！　すごいです！」とファクルさんに抱きついてしまったのは、恥ずかしい思い出なので忘れたいです。

最初はそういう準備などは冒険者がするべきと言っていた、ア……何とかという王子様たちだったのですが、そんなことがあった次の時には、自分たちがすると言い出しました。高貴な自分たちの方が、もっとエレガントにできるとか何とか言い張って。

ですが、王子様たちは何もできませんでした。いえ、前衛的な何かを創り出すことには成功しましたが。あれがエレガントだったのでしょうか？　だとしたら、わたしは一生、エレガントというものがわからないと思います。

ファクルさんは『……まあ、こうなると思ってた』と呟きながらテキパキと準備をして、あっという間に野営の支度をしたのでした。さすがはファクルさんです。

そして今、ファクルさんが今日の野営の準備を始めています。

ですが、ファクルさんだけじゃありません。クナントカさんも、そのお手伝いをしているのです。

「じゃあ、ファクルさん。僕がテントとか竈《かまど》とかを準備しておきますから」

「そうか？　じゃあ、俺は薪を取ってくるか」

ファクルさんは腰の刀に手を伸ばしながら、木々の間を抜けて森の中に分け入っていきます。

「よし。それじゃあ僕もやりますか」

クナントカさんが準備を始めます。その手際のよさはファクルさんには遠く及ばないものの、なかなかどうして、様になっているじゃないですか。

「クナントカさん、ずいぶん手慣れた感じですが……。大きな商会の跡取り息子さんだと、そういうこともできるものなんですか？」

「どうでしょう、できる人もいるかもしれないですが」

「その言い方だと、できない人の方が多い感じですね」

「まあ、商売だけできればそれでいい、という考え方もありますからね」

そんなことを話しながらも、クナントカさんはテキパキと準備をしていきます。

「こういうことは、それこそ彼らのような者たちに任せて、ドーンと構えているのが、上に立つ者のあるべき姿だ！　とか何とか」

彼らのような者というのはイケメンさんたちのことのようです。

「でも、僕のところはこういうこともできて一人前みたいな感じでして」

そんなことを話している間に、ファクルさんが戻ってきました。

「お、テントも竈も、準備できてるな。いい感じじゃないか。クリス」

「ありがとうございます、ファクルさん。あと、僕はクリスじゃなくてクナントカなんで気をつけてください」

「いや、クリスだろ？」

「違います。僕はクナントカに生まれ変わったんです」

「……マジな顔で言ってやがるんだが」

「当たり前です！　何せこの名前は愛しいアルアクルさんがつけてくれたものですからねっ！　僕の宝物ですよ……！」

「変態だな……」

激しく同意します。

「まあいい。これだけ準備ができてるなら、次は飯だな」

ファクルさんが自分のアイテムボックスから調味料や調理器具を取り出します。

アイテムボックスは生活魔法なので、魔力を持っている人なら誰でも等しく使うことができるのです。ただし、魔力量によって容量や性能が変わってきます。ファクルさんは魔力量が少ないので、冒険に必要最低限の荷物しか納めることができません。なので、食材などは基本的に現地調達です。

――が、それはファクルさんだけの場合です。

「ファクルさん、食材は何を出しますか？　ドラゴン？　フェンリル？　それともハーピー？」

わたしのアイテムボックスは容量はほぼ無限で、時間も経過しません。入れた時と同じ鮮度がいつまでも保たれています。

「ドラゴンとか、フェンリルとか……そんなすごい魔物の名前がぽんぽん出てくるあたり、さすがアルアクルさんです！　結婚してください！」

「ごめんなさい」

「またまた『ごめんなさい』いただきましたっ！」

「変態《クリス》は放っておくことにして……ショーガ焼きが食べたいから、嬢ちゃん、巨大猪《ジャイアントボア》を出してくれるか」

「わかりました」

巨大猪のショーガ焼きは、巨大猪の脂のついた赤身肉を甘辛いタレで炒めたファクルさんの十八番であり、わたしも大好きなお料理です。ジジャーというピリリと辛く、爽やかな香りのする根茎《こんけい》が味の決め手なんだと、ファクルさんに教わりました。

アイテムボックスから取り出した巨大猪のお肉をファクルさんに渡します。

包丁を手に、ファクルさんが調理を始めました。お肉と一緒に炒めるオイオンという白くてまん丸い野菜を、トントントン、と手早く正確に刻んでいます。

刀を持って戦っている時のファクルさんも凛々しくてかっこいいですが、お料理をしている姿もそれと同じくらいかっこいいです。

「そんなに見つめられると、やりづらいんだが」

「わたしは気にしません！」

「いや、俺が気にするって話だよ」

ファクルさんはそう言いながらも、最後には見ていることを許してくれます。やさしいですよね、ファクルさん。尊敬します。

「僕も手伝いますね」

「え？」

「ショーガ焼きという料理は聞いたことがありませんが、巨大猪の肉を使った料理ということは、かなりこってりした感じですよね？」

「こってりというか、どっしりだな」

「どっしりですか。なら、さっぱりした付け合わせがあった方がいいと思うんですが」

言いながら、クナントカさんが自分のアイテムボックスから食材を取り出します。キャーベッシと呼ばれる、歯ごたえのいい、葉っぱの塊のような野菜です。

「お前、料理ができるのか。変態なのに」

「ええ、こう見えて一通りのことはできるようにしつけられてるんです。変態なのに」

「おい、こいつ自分で変態だって認めやがったぞ」

「最高ですよね！　ゾクゾクします！」

「マジで変態だな！　——だが、料理ができるというなら、見せてもらってもいいか？　俺の知らないものなら覚えたいからな」

「お任せください！」

クナントカさんがファクルさんの隣に立って、料理を始めました。

ファクルさんは巨大猪のお肉とオイオンを炒めながら、クナントカさんの手元を見て「ほほう」とか、「そんな手法が」とかとか、「なるほど、その発想はなかったな」とかとかとか、感嘆の声を上げるじゃないですか。

これは……何でしょう。よくない感じがします。由々しき事態、という感じです！

「あ、あの、ファクルさん！」

「腹が減ったか？　悪いな、もう少し待ってくれ。もう少し肉にタレを絡ませたいんだ」

「あ、はい！」

甘辛いタレが絡んだお肉のことを想像して涎《よだれ》が——じゃありません！

「違います！　そうじゃありません！」

「そうか？　……ああ、わかった。アレだな、味見だな。相変わらず食いしん坊だな。さすがに巨大猪の肉を生で食わせるわけにはいかないから、……これでどうだ」

　ファクルさんがアイテムボックスから出してくれたのは、くっきーでした。小麦粉に蜂蜜を練り込んで焼いた、サクサクした食感と素朴な甘さがたまらない一品。どーなつのように油で揚げていないので胸焼けすることなく、いくらでも食べられます。

「ありがとうございます！　いただきます――って違います！　それでもありません！」

「とか言いながら、ちゃんとクッキーは食べてるんだよなぁ」

　くっきーに罪はありませんからね！

「ファクルさん、わたしもお手伝いしたいんです！」

　魔王退治の旅をしていた時は、手伝うことができませんでした。

　それはわたしが勇者だったからで、勇者の仕事は魔王を退治することだからと言われたからです。

　ですが、今のわたしは違います。勇者ではありますが、魔王を退治した今、無職です！

　……あれ？　あれあれ？　わたし、今、気づいてはいけないことに気づいてしまったような気がします……。これが俗に言う『深淵《しんえん》を覗く』という感覚でしょうか……？

　と、とりあえず、今はそのことは忘れましょう！　はい、忘れました！

「手伝いって言っても……付け合わせはクリスがやってくれてるしなぁ」

　ファクルさんが巨大猪のお肉の焼け具合を確かめながら言いました。

「それでも何かあるはずです！　わたしもお手伝いしたいんです！」

「そんなに言うなら……嬢ちゃんにも何か一品作ってもらうかな」

「いいんですか⁉」

「ああ。任せる」

「わかりました！　任せてください！　わたし、孤児院ではお料理もやっていたんですよ！　あまりのおいしさに、カーターに独り占めされるくらいだったんですから！」

カーターというのは、わたしより一つ年下の男の子です。わたしが作った料理は、いつもカーターが一人で食べてしまって、他の子は食べられませんでした。

「それは楽しみだ」

「がんばります！」

まずはアイテムボックスから食材を取り出すことにして……ドラゴンにしましょう！

さて、腕によりをかけてやりますよ！　だって、ファクルさんに『楽しみだ』って言ってもらえたんですから！

「はわわ、はわわわわっ」

死屍累々《ししるいるい》とは、まさにこのことを言うのでしょう。ファクルさんとクナントカさん、それにクナントカさんの従者のイケメンさんたちが、冷たい土の上に転がっています。

何でこんなことになってしまったのでしょう。ファクルさんたちは、わたしが作ったドラゴン料理を食べただけなのに……！

「じょ、嬢ちゃん……」

「ファクルさんが生き返りました！」

「死んでねえから！　……いや、まあ、死にかけたことは事実だが」

とにかく、とファクルさんが蒼い顔のまま、起き上がります。

「嬢ちゃん、あれは何だ？　新手の武器か？　必殺と書いて必ず殺すやつだな？」

「違います！　ドラゴン料理です！」

「食べた瞬間、ゴーストの精神攻撃と、ポイズンスネークの毒攻撃と、バジリスクの石化攻撃と、その他いろいろありとあらゆる状態異常攻撃を食らったような感覚に陥ったんだが!?」

それだけ聞くと、本当に必殺と書いて必ず殺すやつのようですね。でも、違います！　料理を作ったんです！

「カーターだったか？　嬢ちゃんの料理を独り占めしていたのは」

「は、はい」

「おそらくそいつは、被害を最小限に留めるために、自分の身を犠牲にしていたんだ……」

「わたしが作ったものを食べるたびに涙を流していたのは、喜んでいたんじゃないんですか!?」

「残念ながらな……」

「そんな……！」

ですが、ファクルさんが嘘を言うとも思えません。つまり……そういうことだったのでしょう。

衝撃の事実です。

「ふふふ、アルアクルさんの手料理を食べて逝《い》くことができる……こんなにしあわせなことはありません！」

「おいクリス、逝くな！　還ってこい！」

この日をもって、わたしは料理禁止を言い渡されました。

勇者にも……できないことがあるんですね……。

ちなみに、クナントカさんが作ったキャーベッシのサラダは、酸味のきいたドレッシングと爽やかなハーブとの相性が抜群の、とてもおいしいものでした。

く、悔しくなんてありません……！　ぐぬぬ……！

◇◇◇　おっさん、帰郷する。

そわそわ？　ふわふわ？　わたしは今、少しだけ落ち着かない感じでいます。というのも、これからファクルさんのご家族に会うからです。

ファクルさんのご家族……いったいどんな方たちなのでしょう？　きっとファクルさんに似た感じなのだと思います。だとしたらファクルさんがいっぱいいるということに……!?

何ですかそれ！　うれしすぎるのですが！

どうしましょう。ご家族を前にして正常でいられるか、ちょっぴり不安になってきました。

わたしたちがその街に到着した時は、お昼を少し過ぎたくらいでした。

今まで立ち寄ってきた町より、建ち並ぶ建物は立派で、人も多く、活気に溢れているように感じます。道行く人たちの顔には笑みが浮かんでいて、しあわせな感じが伝わってきました。

「ここがファクルさんの生まれ育った街なんですね！」

ファクルさんに尋ねますが、ファクルさんはどこかぼんやりした様子で、答えてくれません。

「あの、ファクルさん？」

「あ、ああ、何だ？」

「どうかしましたか？」

「あー……いや、どうかしたというか、久しぶりに帰ってきたんでな」

ファクルさんが苦笑します。

それからここがファクルさんの生まれ育った街であることを改めて尋ねると、「そうだ」と教えてくれたのですが、やはりファクルさんの表情は何となく冴えません。

「何だか輝いていますね！　他の町とは、まったく違います！」

「いや、そんなことないだろ」

「そんなことないことないです！」

そこは絶対に譲れないところだったので、わたしは「ふんす！」と気合いを入れて言い切りました。さらにさっき思ったことも伝えます。この街にいる人たちがしあわせそうであることなどです。

わたしの言葉を聞いたファクルさんは顎髭を弄《いじ》りながら、

「……あ、ありがとな」

そう言ってくれました。ちょっと頬が赤くなっているでしょうか？　ふふっ、照れているんですねっ！　かわいいですっ！

わたしはこの街で過ごした、幼い頃のファクルさんのことを想像してみました。

ヒゲ……はないですよね。身長……もここまで高くなかったはずです。目つきは？　どうでしょう？　ちょっと垂れ目で、やさしげな感じは今と同じ気がします。だって、ファクルさんはとってもやさしい人ですからね。そうでなければ、あんなにおいしいお料理は作れないと思うのです。

あれは食べる人のことを考えて作らなければ、できない味だと思うのです。わたしがそう言った時、ファクルさんは、

『……俺が好きなようにやってるだけだ』

なんて言ってましたけど、あれは絶対に嘘ですね。わたしが暮らしていた孤児院の院長も、料理をする時は食べる人のことを考えて、その人の気持ちになって、作ることが大事なんだと言ってましたし。

ファクルさんはやさしい人です。まあ、魔物との戦いとか、旅の最中とか、厳しくなる時もありますけど。それでも、わたしのことを思って、いろいろ注意してくれたんだって、わたしはわかっています。

「あの、すみません」

わたしがファクルさんのことを考えていると、クナントカさんが声をかけてきました。

「僕、顔を出してきたいところがありますので」

話を聞けば、この街にクナントカさんの商会の支店があるらしいです。

「なるほど。ここでお別れですか。今までありがとうございました」

馬車での旅はなかなか快適でした。

「戻ってきますからぁ！」

「え、どうしてですか？」

「真顔で言うとは……嬢ちゃん、クリスに対しては容赦ねぇな」

「大丈夫ですファクルさん、僕にはむしろご褒美ですから！　なのでどんとこいですよ！」

「お、おう。そうか……出会った時はあんなにイケメンだったのに。残念になっちまったな」

「いやだなぁ、ファクルさん。そんなに褒めないでくださいよぉ」

「まったく褒めてないんだよなぁ」

「え？」

「え？」

ファクルさんとクナントカさんがお互いにちょっと驚いたみたいな顔をして、見つめ合います。

「とにかく、必ず戻ってきますから！」

そう言い残して、クナントカさんとイケメンさんたちが、人混みの中に消えていきました。

そんなクナントカさんたちの後ろ姿を見送っていたわたしたちは、しばらくの間、その場に立ち尽くすことになりました。というのも、ファクルさんがその場からなかなか動こうとしなかったからです。

ファクルさんは家を飛び出したと言っていました。なので、もしかしたら、帰りづらいのかもしれません。

大丈夫でしょうか。わたしは心配になって、ファクルさんを見つめます。

「あの、ファクルさん。大丈夫ですか？」

「心配してくれるのか？」

「当たり前です！」

「そ、そうか。ありがとな、嬢ちゃん。けど、大丈夫だ。帰るって決めたのは俺だ。けじめをつけるってな」

ファクルさんは両手で自分の頬を、パンッ！　と叩いて、気合いを入れました。

「よし、行くか！」

歩き出したファクルさんの足取りは力強く、わたしは安心して、後に続きました。

わたしたちが向かったのは、この街の外れに位置する、ちょっと大きなお家——いえ、お屋敷でした。

「立派ですね。ここがファクルさんの……？」

「ああ、そうだ。けど、立派というより、古いだけだ——

ファクルさんはそう言いますけど、積み上げられた壁石には苔など生えておらず、きちんと手入れされている様子は、やっぱり立派に思えます。

そのまま中に入ろうとしたら、ファクルさんと同年代くらいの門番の方に足止めされてしまいました。

ファクルさんが門番さんを見て、笑いかけます。

「久しぶりだな、アラン。しばらく見ないうちに、ずいぶん老けたんじゃないか？」

「誰だ俺のことを呼び捨てで――……って、ファクル様？　ファクル様じゃないですか……!!」

「親父たちは元気か？」

「もちろんですよ！　ファクル様こそ久しくお目にかかっておりませんでしたが、お元気そうで何よりです！　さあどうぞ、お入りください！　おかえりなさいませ、ファクル様！」

「ああ、ただいま」

頭を下げて、門番さんに通してもらいます。

それにしても……ファクル様、ですか。もしかしてファクルさんはすごい人だったのでしょうか？

いいえ、ファクルさんがすごいというのは、これまで一緒に過ごしてきたことで、充分わかっています。今のわたしがいるのはファクルさんのおかげですし。何も知らないただの女の子だったわたしが勇者として魔物と戦えるようになったのは、ファクルさんに厳しく鍛えていただけたから。ですが、この場合のすごいというのは、それとはちょっと違うというか……。

お屋敷の中に入るまでも、年配の庭師さんや下働きの方たちを中心に声をかけられて、ファクルさんが慕われていることがとても伝わってきました。

「いちいち足止めされて悪いな、嬢ちゃん」

「気にしないでください！　それより、皆さんに慕われていて、ファクルさんはすごいです！　ファクルさんと一緒に旅をしてきたことを、わたし、誇りに思います！」

「それはいくら何でも大げさすぎだ」

「そんなことないです！　むしろ過小評価著しい感じです！」

わたしの言葉に苦笑しながら、ファクルさんが頭を撫でてくれました。大きな手はやさしくて、でもちょっと不器用な感じで。以前はそうされるととても落ち着いたのに……今は少しだけそわそわします。どうしてでしょう。


お屋敷の中に入ると、銀色の毛並みがとても美しい狼の執事さんに出迎えられました。獣人です。獣耳や尻尾などが生えているだけの人もいますし、見た感じは獣だけど二足歩行している感じの人もいます。

他にもこの世界には、エルフやドワーフなどもいて、亜人《あじん》と一くくりにされて、差別の対象になっていたりするところもありました。

魔王退治の旅をする中で、わたしはそれを知りました。一緒に旅をしていた王子様たちは敬遠していましたが、わたしとファクルさんは普通に接します。

この執事さんは獣に近い感じです。とてもワイルドです。

「これはこれは……久しぶりにお顔を拝見したら、ずいぶんとまあ、大きくなられましたなぁ、坊ちゃま」

「坊ちゃまはやめてくれ。俺はもう、そんな年齢じゃない。それよりどうだ、体に大事はないか？」

「お気遣いいただき、ありがとうございます。このとおり、老骨に鞭《むち》を打ちながら、何とかやっております」

老骨と言いながらも、狼の執事さんはとても見事な一礼を決めました。

その時です。

「何やら騒がしいと思ったら、お前か」

大広間の脇にあった階段から、壮年の男性が下りてきました。がっしりした体躯《たいく》。髪は栗色、瞳は蒼。彫りが深くて、立派に蓄えられたヒゲが、威厳を醸し出しています。

「親父」

どうやらファクルさんのお父さんのようです。

「元気だったか？」

「兄貴」

次に現れたのは、ファクルさんのお兄さんです。すらりとした男前。やはり髪は栗色で、蒼い瞳の持ち主です。

「あらあら。私に顔を見せてちょうだい」

「お袋」

ファクルさんのお母さんは、かわいらしい方でした。ちょっとくすんだ金髪に翠色《みどりいろ》の瞳。目尻に刻まれた皺はやさしげで、豊かな胸はいかにも母性溢れる感じです。

お母さんがファクルさんを抱きしめ、お兄さんが頭を撫でて、ファクルさんが困っています。やめて欲しいと懇願しても、お二人とも聞き入れようとはしません。むしろもっともっとという感じで迫っていきます。そんな光景をお父さんが見つめていました。

心温まる、やさしい光景です。

ただ、その中心にいるファクルさんは黒髪黒目で、しかも、ずんぐりむっくりした体型。何だか似ていないと思ってしまったのは、わたしだけでしょうか？

そんなことを思っていたら、ファクルさんのお父さんがわたしに気づきました。

「あなたは……もしかして勇者殿か？」

「はい、そうですけど」

どうしてわかったのでしょうか。ここに来たのは初めてで、面識はありません。

膝をついて、ファクルさんのお父さんが頭を垂れます。

「世界を救っていただき、ありがとうございます。領民に代わって感謝いたします」

領民……？　ということは……え？　ファクルさんのお父さんは領主様ということですか？

「え、え？」

ファクルさんを見れば「バレたか」という表情をしています。

聞けば、ファクルさんのお父さん――いえ、領主様は男爵様らしいです。

ということは、ファクルさんも貴族……？　でも、わたしが知っている貴族の方とは、あまりにも違いすぎるというか……。いえ、今はそれよりも、目の前のことに向き合わなければいけません。

領主様に跪《ひざまず》かれるようなことを、わたしはしたということなのでしょう。自分がしたことの影響というか、大きさというか、そんなものを改めて実感しました。

「あ、あの、頭を上げてください！」

「いや、だが」

「親父、嬢ちゃんが困ってるんだ。頭を上げてくれ」

ファクルさんの執り成しで、お父さん――いえ、領主様？　お父様？　と呼ぶべきでしょうか。

とにかく、ようやく頭を上げてくれました。よかったです……。


その後、一緒に食事をすることになりました。

そのための準備と称して、侍女さんによってお風呂で体の隅から隅まで磨かれ、化粧を施され、上等なドレスを身につけさせられ――鏡に映ったのは、「え？　どこのお嬢様ですか？」という感じのわたしでした。

……これがわたし？　信じられませんが、わたしが動くとおりに、鏡の中の美少女も動くので、きっとわたしなのでしょう。幻惑魔法を使われている気がします。

ですが、わたしをここまで磨き上げてくれた侍女さんたちに「綺麗ですよ、お嬢様」「かわいいです、お嬢様」「ハァハァします、お嬢様」と言われれば、本当にわたしなのだと思います。というか、年配の侍女さんたちが多い中、一人だけ交じっていた若い侍女さんが言った、「ハァハァします」とはどういう意味でしょう？

コンコン――ノックです。誰でしょう。

「迎えに来たんだが、入ってもいいか」

この声はファクルさんです！　わたしがファクルさんの声を聞き間違えることは絶対にありませんから！

「どうぞ」

わたしが返事をするより早く、侍女さんによってファクルさんが部屋の中に招かれます。

そしてわたしを見て、言葉を失いました。

「あ、あの、ファクルさん……そんなに変ですか？」

「え？」

惚《とぼ》けた声を出したファクルさんを、侍女さんたちが睨《にら》みます。どうしてでしょう？

「怖い怖い怖い！　え、何で俺睨まれてるんだ⁉」

わたしにもわかりません。ただ侍女さんたちは「お話に聞いていたとおり、坊ちゃまは鈍感なんですねぇ」「ええ、そうです。昔から坊ちゃまはダメダメで」「あれからもう二十年以上、経つというのに」「若い人ふうに言うなら、ヘタレ……という感じでしょうか」などと口にしています。へタレ？

「おい、今ヘタレって言ったの誰だ⁉」

侍女さんたちがつーんと澄ました顔をして、一斉にそっぽを向きます。

「くっ、お前ら覚えてろよ」

何だかやりにくそうです。

「って、そんなことは今はどうでもよくて。あー、えっと、その、なんだ。違うからな、嬢ちゃん。俺が言葉を失ってたのは、嬢ちゃんがめちゃくちゃ綺麗だったからだ」

「え？」

見れば、ファクルさんがそっぽを向いて、赤くなった頬を掻いています。

「本当ですか……？」

「ああ、本当だ」

「本当に本当ですか？」

「本当に本当だ」

「本当の本当に本当ですか？」

「ああ、そうだ。誓ってもいい。嘘じゃない」

そっぽに向けていた瞳をわたしに向けて、ファクルさんが言ってくれました。黒い瞳が、やさしげな光をたたえています。

「あ、ありがとうございます……！」

ファクルさんがわたしを見てくれているのに……今度はわたしがファクルさんを見ることができなくなってしまいました。

こんな感じは初めてです。胸がドキドキします。何なのでしょう、これは。

侍女さんたちが何かを呟いています。「あら、初々しいわねぇ」「まあまあ、かわいらしいですねぇ」「ええ、ハァハァですね！」また出ましたハァハァ。どういう意味でしょう？　発言した若い侍女さんに聞いてみた方がいいでしょうか？

それからファクルさんに手を引かれて、食堂に向かいました。

華美すぎない素敵な調度が揃えられた食堂には、すでに皆さんが揃っていました。皆さん、美形揃いなので、正装がよく似合っています。

食事をしながら歓談します。

お母様はファクルさんの話を聞きたがりました。どんなことをしていたのか、危ないことはしていないか。面倒くさそうにしながらも、ファクルさんはきちんと答えています。

家族だから、多少砕けた感じはありますが、礼儀正しい受け答えに、いつもと違った凛々しさを感じて、胸の奥が弾みます。

「勇者殿、旅の道中、うちのバカ息子が迷惑をかけませんでしたか？」

お父様に話しかけられました。

「そんな、ファクルさんが迷惑をかけるわけがありません！　むしろわたしの方が足を引っ張ったくらいですから！」

「え、勇者殿が？」

信じられないという顔をされました。お父様だけでなく、お母様、お兄様にも。そこでわたしは、初めてゴブリンと対峙した時の話をしました。どれだけファクルさんがすごいかを熱弁したのです。

「つまり、今のわたしがいるのは、ファクルさんのおかげと言っても、決して過言ではないのです！」

「過言だから！　俺、そんな大したことしてないから！」

「ファクルさん、謙遜しないでください」

「謙遜じゃなくて本気なんだが……」

「わたしも本気です！」

「……知ってるんだよなぁ」

ファクルさんが頭を抱えています。頭が痛いのでしょうか、心配です。

そう呟きながらファクルさんに向けるお父様の眼差しは、厳しいながらも、やさしさの感じられるものでした。

「そうか。ファクルが……」

もっとファクルさんの話を聞きたいと、お母様にせがまれました。顔を真っ赤にしたファクルさんがやめるように言ってきますが……ごめんなさい！　それは無理なんです。だって、ファクルさんの話、たくさんしたいんです！　ファクルさんにはいっぱいいいところがあって、そのすべてを語って、ファクルさんがどれだけ素敵なのか、すごいのか、知って欲しいんです！

わたしは大いに語りました。その間中、ファクルさんは「やーめーてーくーれー！」と叫びながら、ごろごろ床を転がっていました。

貴族の方たちとのパーティーといえば、王都に連れていかれた時、出席したことがあります。わたしは王子様たちにエスコートされ、魔王退治の旅が終わったら結婚して欲しいとプロポーズされました。魔王退治する前だったのに、何を暢気《のんき》なことを言っているのでしょうと思ったものです。それはさておき、そのパーティーはまったく楽しくありませんでした。

でも、今は違います。とても楽しいです。王都でのパーティーの方がずっと豪華で、煌《きら》びやかだったのに。どうして、今の方が楽しいのでしょう？

ファクルさんはごろごろ転がるのをやめて、部屋の隅にうずくまり、狼の執事さんに注がれたお酒をあおっています。何だかかわいいです。

そんな夢のような、しあわせで楽しい時間がしばらくの間、続きました。

◇◇◇　一緒に眠りましょう！

皆さん、ごきげんよう。

——ごきげんようという挨拶は、わたしには背伸びしすぎでしょうか。だってほら、お嬢様っぽいというか、ちょっとかしこまった感じがするじゃないですか。

わたしは勇者だったりしますが、孤児院育ちの普通の女の子ですから、そういう挨拶は似合わないですよね。大丈夫です。ちゃんとわかっていますから。でも、言ってみたくなったんです。きっと、自分でもよくわからない、変な感情を持てあましているせいだと思います。


ファクルさんと、そのご家族とのお食事会は、大盛り上がりのうちに終わりました。

そして気がつけば、もう夜です。おやすみなさいの時間です。

……楽しい時間というのは、あっという間に過ぎるものなんですね。そういえば、こんなに楽しい時間を過ごしたのはいつ以来でしょうか？　孤児院にいた時？

わたしは侍女さんに案内され、休むための部屋にやってきました。

「どうぞ。このお部屋をお使いください」

「あ、はい。どうもありがとうございます」

一礼して、侍女さんが出ていきます。

それを見送ったわたしは、改めて部屋の中を見渡します。

大きなお部屋です。客間……という感じではないですね。シンプルながらも、使い勝手がよさそうな調度は、この部屋の元々の主の性格が表れている感じがします。

「この家具……わたしは好きな感じです」

質実剛健というか実直というか。家具ですから。そういうストイックさは素敵だと思うわけです。

「それにしても……この部屋の本来の主を差し置いて、わたしが使ってもいいのでしょうか？」

腕を組んで、むむむと考え込んでしまいました……けど。

「大丈夫ですよね？　だって、問題があればここに案内されるわけがないですし」

うん、そうです。というわけで、わたしは元々の持ち主さんに心の中で使用させていただくことをお詫びしつつ、遠慮なくベッドに潜り込みました。

「ん……」

匂いを感じました。主さんのものだと思います。でもこの匂い……どこかで嗅いだことがあるような気がします。どこでしょう？　思い出せませんが、安心する匂いです。

枕元にあったランプに手を伸ばし、明かりを消します。

「おやすみなさい」

誰にでもなくそう言って、わたしは瞼を閉じました。

――それからどれくらい経ったのでしょう……。

カチャッ――ドアが開く音がして、誰かが入ってきた気配に、わたしは目を覚ましました。

勇者として旅をしている時、野営することもあり、魔物たちの気配を感じられるようにファクルさんに鍛えられたのです。ですが、今日はあまりにも楽しい時間を過ごすことができたおかげで、頭がなかなか覚醒しません。ぼうっとしています。

そのうちに、入ってきた人物はゆっくりと近づいてきたと思ったら、ベッドの中に入ってくるじゃありませんか。

「え？」

「は？」

入ってきた人物と視線がぶつかります。何と、入ってきたのはファクルさんだったのです。

「お、お前、何やってるんだこんなところで!?」

本気で驚いている、そんな声です。

「寝てました」

「あ、うん。だよな。見ればわかる」

「それは何よりです」

「って、違ぁぁぁぁぁぁあああああぁぅ！」

ファクルさん、渾身《こんしん》のツッコミです。夜なのにお元気ですね。さすがです。

「何でここに――俺の部屋にいるんだよ!?」

なるほど、ここはファクルさんの部屋だったんですね。

ベッドから嗅いだことのある匂いがした理由もわかりました。ファクルさんの匂いでした。

……くっ、ファクルさんの匂いなのに気づけなかったとか、わたしとしたことがっ。

それよりも、わたしがここにいる理由を気にしているファクルさんに、答えました。

「侍女さんに案内されたからです」

「侍女に……？　……………………ああ、なるほど、そういうことか。あのバカ親が」

「バカ親？　あの、どういうことですか？」

「たぶん、お袋が余計な気を利かせたんだろうよ」

「はぁ……？　余計な気、ですか？　それってどういうことでしょう？」

「あー…………まあ、嬢ちゃんは気にしなくていい」

そう言われても気になりましたが……今はそれどころじゃないのでした。

わたしはいそいそとベッドから抜け出しました。

「嬢ちゃん、何をしてるんだ?」

「何って……出ていくんですよ?」

だって、とわたしは続けます。

「ここはファクルさんのお部屋ですから。侍女さんに言えば、別のお部屋を用意してくれますよね? あ、何なら馬小屋でも大丈夫ですよ」

孤児院育ちを舐めないでくださいね? わたしが育った孤児院はびっくりするぐらい貧乏だったので、すきま風とかひどかったんですよね。なので、わたしたちはいつも一かたまりになって寝ていました。一番幼いミシェルを中心にして。男の子たちは何でかいつも顔を真っ赤にしていましたけど。

「嬢ちゃん、ここが男爵の屋敷だってこと忘れてるだろ?」

「なるほど。つまり、馬小屋も立派なわけですね」

「違う!」

「え、立派じゃない?」

「いや、そうじゃなくて。馬小屋とかじゃなくても部屋はあるから!」

「そういうことでしたか」

納得して、わたしは部屋を出ようとしました。

ガチャガチャ――あれ？

「……どうした、嬢ちゃん」

「ドアが開きません。鍵でもかかってるんでしょうか？」

「それなら内側から開けられるだろ。どれ」

ファクルさんがやってきて、鍵を確認してくれます。

「……かかってねえな」

「なら、どうして開かないのでしょう？」

わたしが言った時でした。ドアの向こうから、声が聞こえてきました。わたしをここまで案内してくれた、侍女さんの声です。

「申し訳ございません。部屋の鍵が壊れてしまいまして、今日だけ、ドアを開けることができなくなってしまいました」

「なるほど。そういうことですか。納得――」

「できるわけねだろ!?」

わたしの言葉は、ファクルさんに遮られてしまいました。

「変なこと言ってないで開けろ！」

「それは無理な相談でございます、坊ちゃま」

「何が無理な相談だ！」

「最後に奥様からの伝言でございます。『ゆっくり楽しんでちょうだいね』」

「やっぱりお袋か……！　本当に余計なことを！」

ドアの向こうは、うんともすんとも言わなくなってしまいました。

「……悪い、嬢ちゃん。どうやら閉じ込められちまったみたいだ」

「自分の部屋に閉じ込められるって、何だか変な話ですね」

「確かに――って、よく落ち着いていられるな」

「どういう意味ですか？」

「どういうって……ほ、ほら、俺と二人きり、なんだぞ？」

「あ、はい。そうですね」

「そうですねって、他に何かあるだろ？」

「他に、ですか？」

そのとおりだと、ファクルさんが腕を組んで、大きく頷きます。

「ファクルさんを独り占めできますね！」

「ふぁっ!?」

ファクルさんが変な声を出しました。

「お、俺を独り占めって!?」

「あれ、違いますか？」

「違う！　違うんだが――あー、もういい。もう寝よう」

そう言って、ファクルさんは床に横になりました。

「何してるんですか、ベッドで寝ないんですか？」

「ベッドは嬢ちゃんが使ってくれ」

「それはいけません！　ここはファクルさんのお部屋ですよ？　床で寝るのはわたしです！」

「いやいや、嬢ちゃんを床で寝かせるわけにいかねえだろ!?」

「大丈夫です！　わたし、勇者ですから！　こう見えて丈夫なんです！」

むんっ、と力こぶを作って見せます。

「いいから嬢ちゃんはベッドで寝ろ！」

ファクルさんがわたしを強引にベッドに押し込み、自分は床で寝ようとします。

「ファクルさんを差し置いて、わたしがベッドで寝るわけにはいきません！　絶対です！」

というわけで、わたしも床で寝ることにしました。

「これでよし」

「全然よくねえ！」

「ファクルさん……けっこうわがままですね」

「俺か？　俺が悪いのか!?」

ファクルさんが頭を抱えてしまいました。

「なら、こういうのはどうでしょうか。わたしとファクルさん、一緒のベッドで寝るんです」

「なるほど――なんて言わないからな!?　ダメだろそんなの！」

「どうしてですか？　このベッド、けっこう大きいですから、二人一緒に寝ても大丈夫だと思うんですけど」

「そういうことじゃなくて……」

「ファクルさん、二人とも床で寝るか、二人ともベッドで寝るか、答えは二つに一つです！」

「第三の選択肢を要求する！」

「却下します！」

「…………………………仕方ねえ、一緒のベッドで寝るよ」

「本当ですか？」

「ああ。嬢ちゃんを床で寝させるわけにはいかねえからな」

わたしのため、ですか。ふふ、やっぱりファクルさんはやさしいです。

「それじゃあ寝ましょう！」

「これから寝るってのに、何でそんなに元気なんだよ……」

ファクルさんに苦笑されてしまいました。

わたしたちは一緒にベッドの中に入りました。といっても、ファクルさんは端っこの方です。

「わたし、寝相はいいですから、もっとこっちに来ても大丈夫ですよ？」

「……そんな心配はしてねえんだよなぁ」

ファクルさんが何かを呟きましたが、よく聞こえませんでした。

「いいから、早く寝ろ」

「わかりました。おやすみなさい」

「おやすみ、嬢ちゃん」

目を閉じます。いつもならすぐに眠気がやってくるのに、全然眠くありません。

「あの、ファクルさん。もう寝ちゃいましたか？」

「……ああ、寝たぞ。爆睡だ」

「素敵なご家族でしたね」

「俺は寝たって言ったんだけどな？」

「寝た人は自分で『寝た』なんて言いませんよ？」

「そういう場合もあるか」

「そういう場合しかありません」

わたしがそう言って笑うと、ファクルさんも笑いました。

ひとしきり笑い合ったあとで、

「似てなくて驚いただろ。俺と家族」

ファクルさんがいきなりそんなことを言い出したので、わたしは少しだけ驚いてしまいました。

見れば、ファクルさんの表情は真面目です。だからわたしは思っていることを正直に伝えます。

「そう、ですね。初めて見た時は、確かにわたしもそう思いました。でも、今はそんなことないって思っています」

「は？　……い、いやいや、俺を気にして、嘘を吐《つ》く必要なんてないんだぞ？」

「いいえ、嘘なんかじゃありません。本当にそんなことないって思っているんです」

わたしは告げました。ファクルさんのやわらかい声の感じがお父様と、ファクルさんの形のいい耳がお兄様と、ファクルさんのやさしい眼差しがお母様と、それぞれとてもよく似ていることを。

「だから、似ていないなんてことは、全然ありません」

何より、醸し出す雰囲気が皆さん、とても似ています。穏やかで、心地よくて。いつまでもずっと一緒にいたい、そんなふうに思わせてくれるのです。

「そんなに似てるか」

「はい！」

「なら、よかった。何せ親父たちは、俺の自慢の家族だからな」

わかっています。お食事会の時、ファクルさんがご家族を見つめる眼差し、とてもやさしかったですから。家族のことを大事にしているというのが、とてもよく伝わってきました。

でも、あの時にわかったのは、それだけじゃありません。

「ファクルさん、皆さんに愛されていますよね」

「……………そうか？」

「そうですよ。見ていればわかります」

「……………そうか」

さっきと同じ言葉です。でも、そこに込められた思いはさっきと違う感じがしました。やわらかくて、あたたかくて。ファクルさんの大事な何かを感じることができました。上手く言葉にできないのがもどかしいのですが。

「ありがとな、嬢ちゃん」

ファクルさんが笑いました。その瞬間、わたしの胸がドキッとなりました。

ファクルさんの笑顔を、初めて見たわけじゃありません。これまでに何度も見たことがあります。

でも、こんなにやさしい感じで笑った顔は、初めて見ました。

「嬢ちゃん？　寝ちまったのか？」

寝ていません。胸が苦しくて返事ができないだけです。

「そうか、寝ちまったか」

そう呟いてからしばらくして、ファクルさんの寝息が聞こえてきました。ですが、わたしは胸のドキドキが収まらなくて、なかなか寝付くことができません。

ようやく眠気が襲ってきたのは、窓の外が明るくなってからでした。

こんなことは初めてです。いったい、どういうことなのでしょう？

◇◇◇　素直になれない。

人はいつもと違うこと、突拍子もないことに遭遇した時、頭が真っ白になって、何も考えられなくなってしまいますよね。

勇者として魔王と対峙した時、魔王の予期せぬ攻撃を前にしても、瞬時に思考を切り替えて対処することができたのに。最近のわたしは、やっぱりどこかおかしいです。

　回復魔法を使ってみましたが、一向に改善されません……。


　ファクルさんと一緒のベッドで寝た、次の日。朝食の席で、あまりよく眠れなかったわたしは欠伸《あくび》をしてしまいました。

「大丈夫か、嬢ちゃん？」

　恥ずかしくて俯《うつむ》くと、隣に座っていたファクルさんが声をかけてきてくれます。

「ええ、はい。大丈夫です。心配してくださって、ありがとうございます」

「無理はするなよ」

　ファクルさんがわたしの頭を、ぽんぽんと撫でてくれました。単なる寝不足で、心配するようなことは何もありません。でも、ファクルさんに頭を撫でてもらえたのがうれしくて、わたしは本当のことを言いませんでした。

　ちょっぴり後ろめたい気持ちを抱きながらも、頬がゆるんでしまいます。やっぱり、わたし、ファクルさんに頭を撫でられるの、好きです。

　わたしが「えへへ」と笑っていると、ファクルさんのお母様が「あらあら、まあまあ」と穏やかに微笑みました。

「寝不足なアルアクルさん、それを心配し、気遣う息子……つまり、そういうことなのね」

「違うから！」

ファクルさんが否定します。

「あの、ファクルさん。そういうこととは、どういうことですか？」

「嬢ちゃんは知らなくていいことだ」

なぜかファクルさんの顔が真っ赤になっています。周囲の方を見れば、わたしだけがわかっていない様子です。何だか気になりますが、ファクルさんはわたしの頭を撫でるだけで、教えてくれるつもりはないみたいです。

こんなことで誤魔化されると思っているのでしょうか？　仕方ありません。今回だけ、今回だけ特別ですからね？　えへへ。今日は二回も撫でられてしまいました！

「あら、そうなの？　残念ね。息子のためを思ってがんばったのに」

「そうだよ、それがあった！　すっかり忘れてたが、お袋、余計なことをしやがって！」

「本当に余計なことだったの？」

「………………あ、当たり前だろっ」

「今、返事をするまでに間があったわねぇ」

「ぐっ、と、とにかく余計なことをするな！　俺と嬢ちゃんの関係は――」

わたしとファクルさんの関係？　いったい何なのでしょう？

魔王退治の旅をしている時は、同じ目的を共有したパーティーの一員、仲間でした。ですが、魔王討伐がなされた今、わたしとファクルさんの関係は、いったい何なのでしょう？

わたしはファクルさんのお料理が好きで、本当に大好きで、だからファクルさんを追いかけてきました。そんな二人の関係は——いったいどういうものなのでしょう？

それに——ファクルさんはどう思っているのでしょう？

「べ、別に何でもいいだろ！」

「……へたれね」

「……へたれたね」

「……息子よ」

答えなかったファクルさんを、ご家族の皆さんが生あたたかい眼差しで見つめます。

「う、うるせえ！　どうでもいいだろ！」

ファクルさんは残っていた朝食を乱暴に口の中にかき込むと、大股で食堂を出ていってしまいました。どういう関係なのか知りたかったので残念ですが、何だかかわいらしいファクルさんが見られたので、結果はよかったように思います。

食事を終えて部屋に戻ると、ファクルさんがやってきて、街へ行こうと誘ってくれました。

「屋敷にいたら、またぞろ何をされるかわからねえからな」

「何か……ですか？」

「まあ、いろいろ余計なことだよ」

余計なことと言いながらもファクルさんの表情は穏やかで、家族のことを深く思っていることが伝わってきます。

「じゃあ、行くか」

「はい」

というわけで、出発です。屋敷を出て、街の大通りを歩きます。

「そういえばファクルさん、貴族だったんですよね」

「まあ、確かに貴族だが、うちは貧乏貴族だからなぁ」

ファクルさんが言うには、あの屋敷は貴族としての体裁を整えるため、必要最低限のものを残しているだけらしいです。

「実際、生活は苦しいもんだ。食事だって、取り立てて豪華ってわけじゃなかっただろ？」

確かに、言われてみれば、そのとおりです。

「あれはお袋が腕によりをかけてがんばって作ってくれたものなんだ」

「え、お母様が作っていたんですか!?」

驚きです。貴族といえば、調理する人が専門にいるものとばかり思っていました。

「家は兄貴が継ぐから、俺は俺で生きていくために冒険者になったわけだ」

けど、とファクルさんは通りを見つめます。

「貧乏ながらも、こうやって活気づいてる街を見れば、親父や兄貴ががんばって治めているんだなってわかるよな。こんなこと、俺にはできねえ。冒険者になるって、家を飛び出してよかった」

本気でそう思っていることが、ファクルさんの表情から伝わってきます。

「あの、ファクルさん、そういえばけじめをつけるって言ってましたけど……つけられたんですか？」

「あ」

ファクルさんが固まります。どうやらまだだったみたいです。

「ほ、ほら、あれだよあれ！　久しぶりの再会でいろいろすったもんだがあったから」

「そうですね」

「その顔、信じてないだろ⁉」

そんなことはありません。

「じゃあ、けじめをつけたあとは、食堂を開くというファクルさんの夢を叶えるだけですね」

「叶えるだけって……簡単に言ってくれるな」

「大丈夫ですよ」

「言い切ったな。その根拠は？」

「だって、ファクルさんのお料理は世界で一番おいしいですから！」

わたしは笑顔で言い切ります。ふっ、決まった！　と、ちょっと思ってしまったのは、ここだけの秘密です。恥ずかしいので。

そんなわたしをぼけーっと見つめた後、ファクルさんは顔を両手で覆ってしまいました。ぷるぷる震えはじめます。どうしたのでしょう？

「……そ、そうか。それは……その、なんだ。ありがとな」

「当たり前のことを言っただけですから！」

「くっ、それ以上はやめてくれ！　俺の生命力はもうないぞ⁉」

ファクルさんが小声で何か呟いていますが、よく聞こえません。

「ファクルさんのお料理、わたし大好きですから！」

「お願い！　お願いだから、もうやめて！」

ファクルさんがいよいよ激しく、その身を震わせます。本当にどうしたのでしょう。不思議です。

しばらく震えていたファクルさんですが、深呼吸をして落ち着きを取り戻したようです。

「ふぅ、嬢ちゃんはいろんな意味で勇者だな」

「？　はい、そうですね」

首を傾げるわたしに、ファクルさんは苦笑していました。どうしてでしょう？

「で、ファクルさんの食堂はこの街で開くんですか？」

「漠然とした考えなんだが、もっと鄙《ひな》びたところで開きたいと思ってる」

「そうなんですか？」

「ああ」

それからは、食堂を開く時の参考になるかもしれないからと、街中をぶらぶら歩くことになりました。

食堂も何軒かありますし、屋台も出ています。それに、人が多いです。そのせいで、ファクルさんと離れ離れになってしまいそうになりました。

と、そんなわたしの手を、ファクルさんが握ってきました。

「あ……」

「嬢ちゃんは嫌だろうが、我慢してくれ」

「嫌じゃありません！」

ちょっと食い気味に答えると、ファクルさんが仰《の》け反ります。

「そ、そうか」

「はい！　そうなんです！」

こわごわと握ってくるファクルさんの手を、むしろわたしの方から積極的に握っていきます。いいですよね？　だって、これは離れ離れにならないために必要なことなんですから！　でも、そうやってわかっていても──何だかドキドキしてしまいます。

「ファクルさんの手、大きいですね」

「まあ、嬢ちゃんのに比べたらな」

「それに、ゴツゴツしています」

「そうか？」

「そうです！　これはファクルさんが冒険者としてがんばってきた証拠です。誇らしい気持ちになります」

「……嬢ちゃん、本当に俺の生命力を奪うのが得意だな⁉」

「はい？」

「何でもねえ！」

頭をガリガリと掻きながら、そう言うファクルさんでした。

そんなふうに大通りを歩いていたら、露天商さんに、恋人同士と勘違いされました。

「旦那。そのかわいい恋人さんにどうだい、このアクセサリーは」

「悪いな。この子と俺はそういう関係じゃないんだ」

そのとおりです。わたしとファクルさんは、そういう関係ではありません。

でも——露天商さんに間違われた時、わたしはうれしいと思いました。

そしてファクルさんに違うと否定された今、胸の奥が痛みます。

これは——どういうことなのでしょう？

「嬢ちゃん、どうかしたか？」

わたしが俯いていると、ファクルさんがわたしのことを心配して、気遣ってくれます。

「あの露天で売ってる菓子は、この街じゃちょっとは名の知れた——」

「いりません」

「お、おう、そうか。——じゃあ、あっちの店はどうだ？　綺麗な服とか売ってるんだが——」

「興味ないです」

「そ、それじゃあ……もう少し行ったところに、なかなかいい感じのアクセ——」

「見たくないです」

「……そ、そっか。なら、えーっと、その、なんだ」

ファクルさんが眉尻を下げて、困っているような、情けないような、そんな感じで笑います。そんな顔……して欲しくないのに。

ファクルさん、わたし、お菓子、食べたいです！　ファクルさんも小さい頃、食べたんですか？　そんなお話をしたいです。

綺麗な服、興味あります！　わたしに似合う服を選んで欲しいと、そう思います。

アクセサリー、見たいです！　ファクルさんと同じものを身につけたいと、そんなことを考えてしまったりします。

いつものわたしなら、すぐに機嫌を直していたでしょう。たぶん……いえ、きっと。でも、今日のわたしは素直になることができませんでした。どうしてなのかはわかりません。本当にわからないのです。こんなわたしが、自分でも嫌になります。

そんな時でした。

「おうおう、かわいいお嬢さんだな」

「そんな不細工なおっさんなんかほっといて、俺たちとイイコトしようぜ？」

下品な笑みを浮かべて、冒険者さんたちが絡んできました。

……ちょうどいいです。素直になりたいのになれないモヤモヤ。自分でもわからない胸の内。この冒険者さんたちで晴らしたいと思います。大丈夫です。いわゆるあれです。正当防衛？　とかいうやつです。それに、ファクルさんを悪く言うなんて、絶対に許せませんし！

わたしは聖剣を召喚しようとしました。それに気づいたファクルさんが青い顔をして、何か言おうとしました。

ですが、その言葉が紡がれることはありませんでした。第三の人が現れたからです。

「あんたたち、冒険者が人様に迷惑をかけていいと思ってるのかい⁉」

気っぷのいい、姉御肌の女性です。こんがりと褐色に焼けた肌、燃える炎のように赤い髪、切れ長の瞳。綺麗なお姉さんです。年はいくつか気になりますが、女性の年齢を詮索するのはダメです。絶対に。

それはさておき、何よりその女性で特徴的なのは、ぼん、きゅっ、ぼ〜ん！　のナイスバディでした。くぅっ、羨ましくなんてありません！　……少ししか。

冒険者さんたちが女性を睨みつけます。

「誰だてめえ——って、お、お前は⁉」

「冒険者ギルド一恐ろしい炎髪《えんぱつ》の受付嬢じゃねえか！」

「やべえ、逃げろ！」

冒険者さんたちは真っ青になって、先を競うように逃げていきました。

「助かったぜ、あんた。礼を——」

お礼を言いかけていたファクルさんが黙ってしまいました。

見れば、炎髪の受付嬢と呼ばれたお姉さんを凝視しているじゃないですか。やっぱりあれですか。男の人はあそこがおっきな人がいいんですか⁉　そういうことですね！　胸の内のモヤモヤが大きくなります！

でも、それはわたしの早とちりでした。

「お前……インウィニディアか？」

ファクルさんがお姉さんの名前を呟くと同時に、

「あんた……ファクル？」

お姉さんもファクルさんの名前を呟きます。

どうやら二人は顔見知りのようです。

ここはファクルさんが生まれ育った街です。顔見知りがいるのは当然です。でも……どうしてでしょう？　わたしの心は、お互いに見つめ合って固まっている二人を見て、どうにも落ち着かない気持ちでいっぱいでした。

◇◇◇　名前で呼んで。

皆さん、大変です！　危険が危ない感じです！　魔王と対峙した時にも、最後まで感じることがなかった、嫌な感じに襲われているのです。

わたしのすぐ目の前でファクルさんと、ぼんっ、きゅっ、ぼ～ん！　のお姉さんが見つめ合っています。お互い、何も言葉にしていないのに、通じ合う何かがあるみたいな、そんな雰囲気が醸し出されています。

何でしょう。大ピンチって感じがします。どうしてそう思うのかは、さっぱりわからないのですが。とにかく、このままじゃいけません！　とわたしの第六感的な何かが叫んでいます。

「あ、あの！」

わたしは声をかけました。

二人がわたしを見ます。あ、そういえばいたんだ、みたいな感じでファクルさんがわたしを見たのは、わたしの気のせいですよね？　とりあえずそれはわたしの勘違いということにして――どうしましょう。

とにかくこのままじゃよくないと思って声をかけたのはいいものの、そこから先、どうすればいいのか、まったく考えていませんでした。どうしましょう、どうしたらいいんでしょう！　考えてください、わたし！

魔王や魔物たちと戦っていた時以上に、頭をせいいっぱい使って、考えました。まずは――そうです。二人の関係！　これを問いただし――ではありませんね。聞いてみたいと思います。

「あの、ファクルさんとお姉さんは、その、どういう関係なのでしょう？」

「俺とインウィニディアの関係？」

ファクルさんの言葉に、わたしは「はい」と頷きます。

「単なる幼なじみだよ」

幼なじみですか。わたしにとってのダニーやマックたちみたいな感じでしょうか。長い時間一緒に育つことで醸し出される、独特な信頼感。何やら通じ合っていたのも納得です。

……いえ、待ってください。それはそれで、何だか胸の奥がモヤモヤします。だってこのお姉さんは、わたしの知らないファクルさんを知っているということです。

「ちょっとファクル。『単なる』はないんじゃない？」

お姉さんが腕を組んで言いました。そうすると胸が強調されて、とんでもないことになります。わたしたちのそばを行く男の人が思わず視線を注いでしまうぐらい。

ファクルさんは……特に見ていませんでしたが、まだ安心はできません。油断大敵です。注意深く観察する必要があると思います。

「おい、インウィニディア。何を言い出すつもりだ」

「何って、あんたがあたしのことを好きだったこととか、大きくなったら結婚しようと約束していたこととか、そういうことは言わないから安心して？」

「言ってるじゃねえか！」

「あたしったら、ついうっかり。ごめんね？」

「心から謝ってねえだろ……」

「えー、そんなことないわよ？　すっごく反省してるに決まってるじゃない」

「本気で反省してる奴は、そんな笑顔を浮かべたりしねえんだよ」

「あはは、バレた？　でも、いいじゃない。昔のことなんだし。時効よ、時効」

そう言って、お姉さんはファクルさんの肩を気安く叩きます。

ファクルさんが……お姉さんを好きだった？　大きくなったら……結婚しようと約束していた？　な、な、何てことでしょう!?　わたしは衝撃に打ちのめされました。

でも、どうしてそんなふうになるのか、自分のことなのに、よくわかりません。

「久しぶりに会ったのに、こんなところで立ち話もなんだし。どこかでちょっと話そうよ」

「あー、まあ、そうだな。……嬢ちゃんはそれでもいいか？」

「え、あ、ああ、はい。大丈夫です」


——ということで、わたしたちは食堂にやってきました。

冒険者の方や、商人、旅人……たくさんの人で繁盛しています。ファクルさんが適当に注文した料理が運ばれてくると、それに舌鼓を打ちながら、話が進みます。

「お、この味、懐かしいなぁ」

「でしょ？」

「給仕の子は替わったが、おばちゃんはまだまだ元気なんだな」

「実は違うのよ。おばちゃん、あんたがこの街を出てしばらくしたら引退して、後進に店を譲ったの」

「マジか！　あの殺しても死なないようなおばちゃんが……」

ファクルさんたちが昔話で盛り上がります。わたしも「そうなんですか」とか「へえ」とか、そんな感じで相づちを打ちますが、でも、それだけです。深く会話に混ざることができません。

そうすると必然的に、テーブルの上に並ぶお料理を食べることしかできなくて……あ、これ、おいしいですね。ファクルさんのお料理ほどではないですが、ついつい手が伸びてしまいます。癖になる味、というのでしょうか。そんな感じです。

「あたしも好きな料理を気に入ってくれたのはうれしいけど……ほら、口の周りが汚れちゃってるわよ？」

わたしの向かい側に座っていたお姉さんが腰を浮かせて、手を伸ばし、わたしの口許についたお肉をつまんで、ぱくっと食べてしまいました。何だか色っぽい仕草だったこともそうですけど、そんなふうにされたことがなかったわたしは、ドキッとしてしまいました。

「あら、真っ赤になっちゃったわね。ごめんなさいね？」

「い、いいえ」

大人の余裕というやつでしょうか。それとも……胸が大きいからですか？　わたしにはないものばかりです。ぐぬぬ。

「そういえばファクル、聞いたわよ。魔王退治をするための勇者パーティーに同行していたんでしょ？　この街でも、あんたのことで持ちきりになってたんだから。あんたのことを知りもしない奴が、あんたの友人を名乗って自慢げにいろいろ語ってた時は、あんたの代わりにぶん殴っておいたから」

「手加減はしたんだろうな？」

「当たり前でしょ。きっちり懲《こ》らしめておいたわ」

「微妙に答えになってないんだが……」

ファクルさんは苦笑しながらも、揺るぎない何かをお姉さんに抱いているみたいな眼差しをしていました。そんな眼差し……わたしに向けてくれたこと、ありません。

「確かに俺は勇者パーティーに同行したが、途中で追放されちまった」

「へぇ、そうなの――って、はぁ!?　何言ってるのよ！　嘘でしょ!?」

「本当だ」

ファクルさんは、自分が追放された時のことをお姉さんに語りました。

勇者であるわたしがパーティーを離れる状況を作り出して、その隙にファクルさんを追放する。

すべては、わたしがファクルさんを慕っていたから。わたしに慕われていたファクルさんは、あの王子様たちにとって、邪魔な存在だったのです。

「何それ、ひどくない!?」

ファクルさんの話を聞いたお姉さんが憤ります。

「ですよね！　ファクルさんを追放するとか、意味がわかりませんよね！　だってファクルさんはすごいんですよ!?　わたしに魔物との戦い方を教えてくれましたし、わたしが失敗した時には何がダメなのかきちんと叱ってくれて」

ファクルさんには、たくさんゲンコツを頭に落とされました。

「何よりファクルさんの作ってくれたお料理はどれも本当においしくて……！」

わたしがファクルさんの作ってくれるお料理について、小一時間ばかり熱く語り始めようとしたところ、お姉さんから待ったがかかりました。

「あ、あれ……ちょっと待って。確か魔王を退治した勇者様って蜂蜜色した髪の、十六歳の女の子で……まさか、あなたが!?」

「……そういえば自己紹介してませんでしたね。アルアクル・カイセルです。そうです。わたしが魔王を倒した勇者です」

「こんなかわいい子だったの⁉」

お姉さんが本当に驚いたという顔をしました。それに、こんな綺麗なお姉さんに、かわいいと言ってもらえたのは、ちょっと……いえ、かなりうれしかったです。

それからの話は、魔王退治の旅のことが中心になりました。特に魔王がどんな感じだったのかを、ファクルさんとお姉さんに語りました。

「そういえば魔王ってどんな感じだったの？」

「あ、俺も聞いてねえな」

ということがあったからです。

魔王は蛇の体に、獅子、虎、狼、鷲、鷹の頭を持った、王城並みに大きな存在でした。

「よくそんなの倒せたな」

「がんばりました！」

「がんばってどうにかなるのか？　……いや、でも、倒したのは事実だし。嬢ちゃんがすげえ勇者だって、改めて実感したよ」

ファクルさんが褒めてくれます。うれしいです。

「で、魔王を倒したアルアクルさんは、王都での凱旋パレードやパーティー、王子様たちのプロポーズを振り切って、ファクルを追いかけてきた、と」

「そうです」

「ちなみに、王子様たちのその後がどうなったかって聞いてる？」

「いえ、聞いてません。まったく興味がないので」

「そ、そうなんだ」

そう言って苦笑したお姉さんの話によると、魔王を退治したわたしを連れて帰ることができなかった王子様たちは、王様や国の偉い方々に、それはそれは怒られたそうです。

「さっきのファクルの話を聞いた後だと、ざまあみろとしか思えないわね」

その意見には賛成です。

魔王退治の旅の話もあらかた終わると、今度はお姉さんに話に移りました。

「そういえばインウィニディアは、今、冒険者ギルドの受付嬢をやってるんだって？」

「どうして知ってるの？　……って、さっき追い払った冒険者が言ってたっけ」

そのとおりです。

「そうよ。炎髪の受付嬢って、恐れられてるの」

「お前、昔から厳しかったからな。あの時と同じ調子で、冒険者たちに対応してるんだろ？」

「あら、あたしは悪くないわよ？　薬草の採取とか、街の清掃とか、そういう常設依頼は受けたくない、冒険者なんだから危険な魔物退治をしたいって、実力が伴わないのに無謀なことばかり言ってる冒険者たちに、身の程を教えているだけよ」

「それがお前なりのやさしさだってことは、お前を知ってる奴はわかるが……初めての奴はただ厳しいだけだって思って、反感を買うだけだからな？　気をつけろよ」

「…………………ええ、そうね。気をつけるわ」

でもまあ、とお姉さんは続けました。

「嫌われたり恨まれたりしてでも、冒険者の身を守るのが、あたしの役目だもの」

そう語るお姉さんの眼差しはとても真剣なものでしたが、影が差しているようで、気になりました。


その後は他愛ないお話をして、お別れしました。

去っていくお姉さんの後ろ姿を、ファクルさんが見つめています。じっとです、じっと！

これは……どういう意味でしょうか？　むむむ。むむむむむ！　何だか面白くありません！　何が面白くないのかわかりませんが、面白くないのです！

わたしはファクルさんの腕に抱きつきました。

「ちょ、嬢ちゃん、いきなり何を!?」

「知りません！」

「知りませんって……」

だって、わたし自身、何でこんなことをしているのか、わからないんですから。

「こんなに密着されてると歩きづらいっていうか」

確かに、歩き出したのはいいものの、ファクルさんの言うとおりです。

「離れた方がいいと思うんだが」

「無理です」

「え、えっと……」

「無理ですから。離れませんから！」

「お、おう」

ファクルさんが困っています。でも、わたしもどうしたらいいのか、わからないのです。

「なあ、嬢ちゃん。怒ってる……よな？」

「怒ってません」

「いや、怒ってるって！　頬とか、めっちゃ膨らんでるし！」

「ファクルさんは失礼です！　わたしのほっぺたが、ファクルさんが以前作ってくれた、もちもちした皮で甘い芋をすりつぶしたものを包んだおまんじゅうみたいになってるとか、ひどすぎます！」

「……………………………………………………………似たような感じのことは言いました！」

「そこまで言ってねえ！」

「今、答えるまでに間があったような……」

「ありません」

「あ、はい」

ファクルさんが頭をガリガリと掻きむしります。そんなに掻きむしって大丈夫でしょうか。

わたし、知っているんです。ファクルさんがこっそり髪の毛を気にしていることを。回復魔法でどうにかなるんじゃないかと、淡い期待を抱いていることを。なので、ファクルさんが寝ている時にこっそり使ってみました。

ダメ、でした……。ごめんなさい、ファクルさん……。わたしは勇者ですが、無力でした……。

「あ、あれ？　なんか今度はいきなり落ち込んだんだが」

「落ち込んでません」

「お、おう。そうか」

「そうです」

「あー、えっとさ。どうすれば嬢ちゃんの機嫌は直るんだ？」

「……わたし、怒ってないって言ったじゃないですか」

「言ったな。ちゃんと聞いた」

「だったら」

「だが、俺はいつもの嬢ちゃんに戻って欲しいんだ。だから、これは俺のワガママだ」

……ファクルさんは悪くないです。だって、わたしがわけのわからない感情に振り回されて、こんなことになっているんですから。悪いのはわたしです。

「教えてくれ、嬢ちゃん」

「そんなに、いつものわたしに戻って欲しいんですか？」

「ああ、戻って欲しい」

「……そう、ですか」

どうしてでしょう。その言葉だけで、胸の奥がドキドキしてしまうのは。怒ってないと、機嫌は直ったと、言ってしまいたくなるのは。でも……ファクルさんがこんなふうに言ってくれたのなら。

「一つだけ……いいですか？」

「おう、何でも言ってくれ！」

「これは……わたしのワガママなんですけど」

実はずっと不満に思っていたことがあるのです。

「わたしのこと……名前で呼んでくれませんか？」

「え……？」

「だ、だめですか……？　だ、だって、その、他の皆さんは名前で呼んでるのに……わたしだけ、いつまで経っても『嬢ちゃん』って呼ばれていて……わたしだけ特別なんだって、そう思おうとしたこともあったんですけど、何だかやっぱり寂しくて……えっと、その……」

「…………悪い」

ファクルさんが頭を下げました。

「あ、あの、ファクルさん、頭を上げてください……！」

「いや、ダメだ。これだけの付き合いになるのに……しかも魔王を倒した勇者様に、いつまでも『嬢ちゃん』はねえ。全面的に俺が悪かった。本当に申し訳ない！」

しばらくの間、ファクルさんは頭を下げ続けました。そしてガバッと顔を上げると、

「これからはちゃんと名前で呼ぶ」

「本当ですか⁉」

「ああ」

「じゃあ、呼んでください！」

「おう。呼ぶぞ？」

「はいっ！」

ああ、ファクルさんがわたしの名前を呼んでくれますっ！　いったい、どんな感じなのでしょう⁉　想像するだけで、ドキドキしてきましたっ！

「あ、ある……ある……ある……」

もしかして忘れてしまったのでしょうか？

「ファクルさん、わたしの名前はアルアクルです。アルアクル・カイセルです」

「大丈夫だ、ちゃんとわかってるから」

なら、どうして呼んでくれないのでしょう？

「……くそっ。今さら名前を呼ぶのがこっ恥ずかしいとかって、ガキか俺は⁉」

「ファクルさん？」

「何でもねえ！」

ちっちゃな声すぎて聞こえなかったのですが。

「言うぞ、言うからな⁉　ほ、本当にいいんだなっ⁉」

「もちろんです！　よろしくお願いしますっ！」

「……くぅっ、覚悟を決めろ！　俺っ！」

ファクルさんが再びちっちゃな声で何かを呟いてから、頬をバチーンと叩きます。

「あ、あるあきゅる……！」

噛みました！　ファクルさん、顔が真っ赤です！　ぷるぷる震えています！　すごくかわいいです……！

「……忘れてくれ」

「無理です！」

「即答⁉」

「絶対に忘れません！」

「さらなる駄目押し⁉　……というか、噛まずに呼べって話だよな」

ファクルさんがわたしを見つめます。黒い瞳に、わたしが映ります。

「……あ、アルアクル」

「……………………っ‼」

これは……思っていた以上の衝撃ですっ。ドキドキ？　いえ、そんな言葉では足りませんっ。

どうしましょう⁉　すごく……すっごくうれしいですっ！

「ファクルさん、もっと呼んでください！」

「お、おう。アルアクル」

「もっと」

「もっとお願いします！」

「アルアクル」

「アルアクル！」

「あと一回……いえ、あと一〇〇〇回はお願いします！」

「おう！　って一〇〇〇回は無理だ！」

「むぅ、残念です。——でも」

「でも？」

「これからはずっと、名前で呼んでくれるんですよね？」

「ああ」

「なら、いいです！」

わたしはうれしくなって、ファクルさんを見つめました。

「……機嫌、直してくれたみたいだな。いつもの……いや、いつも以上に眩しい笑顔だ」

「そう、ですか？」

まったく自覚がありません。でも、それは当然だと思います。だって、やっと……本当にやっと、ファクルさんに名前で呼んでもらえたんですから。

「わたし、ファクルさんに初めて名前を呼んでもらった今日を、絶対に忘れません！」

「アルアクルは大げさだな」

ちっとも大げさなんかじゃありません！　今日は大切な記念日です！

◇◇◇

おっさん、勇者に逆襲する。

皆さんには、意味もなく飛び跳ねたくなったり、笑いたくなったりすることがありますか？　わたしはあります。というか、今がまさにそんな感じです。今なら魔王だってさくっと倒せる気がします——って、すでにさくっと倒していたのでした。

とにかく、今のわたしは無敵ですっ！　って感じなのです！


わたしたちは、ファクルさんの実家であるお屋敷に戻ってきました。

時間は夜。今日もファクルさんのご家族と一緒にお食事です。

いつものわたしなら、どんなメニューなのかが気になって仕方なかったことでしょう。

ですが、今は違います。何が出てくるかなんてどうでもいいと、そう言い切ることができます。

ちょっとすごくないですか⁉

そんなこんなで、わたしが浮かれながら夕食をいただいていると、ファクルさんのお母様が話しかけてきました。

「アルアクルさん、何だかとってもうれしそうだけど、何かいいことでもあったのかしら」

同時に、お父様とお兄様も頷いていています。その言葉を待っていたと思ってしまうのは、いけないことでしょうか。

「わかりますか!?」

前のめりで答えてしまいました。

「ええ。何だかとても素敵な笑顔を浮かべているから。よかったら教えてくれる?」

「もちろんです!」

さっきよりも前のめりです。今日初めてファクルさんに名前を呼んでもらえたことのうれしさを、わたしは食べることも忘れて熱弁しました。

「アルアクル、おしまいだ! それ以上はやめてくれ! 恥ずかしすぎてどうにかなっちまいそうだ……!」

ファクルさんに止められるまで、気がつけば小一時間近く語っていました。

「……とても残念です。まだまだ語りたかったのに」

「いやいやいや! もう充分語ったから!」

真っ赤になってあわあわしているファクルさんにそう言われました。解《げ》せません。全然充分じゃないです。でも、いいです。

「また、名前を呼んでくれましたっ! えへへ、うれしいですっ!」

「……俺なんかに呼ばれたぐらいで、そんなにうれしいものなのか?」

「はいっ、とっても! とってもうれしいですっ!」

「…………………アルアクル」

「はいっ！」

「…………アルアクル」

「はーいっ！」

「……アルアクル」

「えへへ、呼ばれまくりですっ！」

「アルアクル」

「あ、ちょ、ちょっと待ってくださいっ」

わたしは自分の胸元を押さえます。

「あまりにもうれしすぎて、このあたりがドキドキ大変なことになってきちゃいました！」

「つまり？」

「できれば今日はこれぐらいにしておいていただけると……」

「そうなのか？　ちょっと前にあと一〇〇〇回呼んで欲しいって、誰かさんに言われたような気がするんだが」

「くぅっ、確かに言いました！　言いましたけど……まさか、うれしすぎてこんなことになるとは自分でも予想外で」

「アルアクル」

「きゃぅっ！」

「アルアクル」

「はぅっ！」

「アルアクル」

「はくぅっ！　こ、これ以上は本当に……も、もう許してください……っ」

「とか言いながら、アルアクルの顔は全然やめて欲しいって感じじゃないんだよなぁ」

「ううっ、ファクルさん、意地悪ですっ！」

「……何せいつも俺がやられているからな。たまにはこれぐらいやっても――」

ファクルさんが何か呟いていましたが、途中でやめてしまいました。どうしたのでしょう？

見てみれば、ご家族の方を見て固まっています。

「……あ、えっと、その、こ、これは違うんだっ！」

「あらあら、私たちのことなら気にしなくていいから」

「そうだぞ、ファクル。独り身の兄のことは気にせず、思う存分イチャイチャしてくれ」

「自分の息子にこんな性癖があったとは。しかもそれを見せつけられる日が来るとは」

「そこ！　親父！　変な勘違いをするな！」

「この調子なら、孫の顔が見られるのはそう遠くないかもしれないわね？」

「お袋いったい何を!?　てか孫って!?」

ファクルさんの声が裏返ってしまいました。わたしはファクルさんの服をちょこっとつまんで、引っ張ります。

「あの、ファクルさん。孫の顔ってどういうことですか？　まさか幼なじみのお姉さんと――」

二人が仲むつまじく過ごしている姿を思い浮かべたら、胸の奥が痛くなりました。

「違う！　俺とインウィニディアはそんな関係じゃねぇ！」

「でも、結婚の約束をしたんですよね……？」

「ちっちゃい頃の話だし、時効だ！　インウィニディアも言ってただろ⁉」

確かに言っていました。気安くファクルさんの肩を叩きながら。

……そうでした。あの時の二人は、とても気安い感じで、二人だけの雰囲気が醸し出されていて……。モヤモヤします。とってもです。

わたしがそんなことを思っている間にも、ファクルさんの言葉は続いていました。

「それにあれだ。インウィニディアは美人だ。すでにいい奴がいてもおかしくない」

あのお姉さんはとても美人でしたし、言われてみればそうかもしれないという気がしてきました。

なら、本当にファクルさんとあのお姉さんは……？　モヤモヤがなくなって、胸の奥が軽くなります。

「インウィニディアちゃんなら、まだ独身よ？」

ファクルさんのお母様が言いました。

「あんなに綺麗なのにね。いったいどうしてなのかしら？」

「……おい、お袋。そこでどうして俺を見る？」

「さあ？」

「やっぱりファクルさんとあのお姉さんは……！」

「違うって言ってるだろ⁉」

「でも！　でも……！」

「お袋、なんで余計なことを言いやがった⁉」

「あらあら、その方が恋が燃え上がるとか思ったわけじゃないわよ？」

「思ったんだな⁉」

ファクルさんとお母様が楽しげに言い合いをしています。

それを眺めながらわたしは、ファクルさんとお姉さんの関係が気になって、ファクルさんに名前を呼んでもらえた喜びが半減してしまったような、そんな気持ちになっていました。


次の日になりました。やっぱり、ご家族の皆さんと一緒に朝食をとった後、わたしはファクルさんに連れられて、冒険者ギルドに向かっています。

ファクルさんはわたしよりずっと背が大きくて、踏み出す一歩も大きいです。でも、わたしに合わせて、ゆっくり歩いてくれます。魔王を退治する旅をしている時もそうでした。ア……何とかという王子様たちは自分のペースでどんどん行こうとするのにです。

どうしてわたしのペースに合わせてくれるのか、聞いたことがあります。その時は、わたしが皆さんのペースに合わせるべきなんじゃないか、そんなふうに思っていたからです。

返ってきた答えは、こうでした。

『魔王退治は急いだ方がいい。早ければ早いほど、被害は少なくて済むだろうからな』

『だったらやっぱり……！』

『だが、そうやって嬢ちゃんが急いだ結果、いざって時、疲れていて力を発揮できなかったら？』

『え？』

『魔王を退治できるのは嬢ちゃんだけだ。なら、嬢ちゃんのペースを崩すような真似は避けるべきだ。俺が嬢ちゃんのペースに合わせて歩くのは、それが理由だ。それ以上の意味はねぇ』

あの時のファクルさんはまだ出会ったばかりだったので、そのちょっとぶっきらぼうな感じが少し怖かったんですよね。

でも、とわたしは思います。あの言葉は嘘ではないと思いますが、すべてが本当だったわけでもないんじゃないでしょうか。だって、今もファクルさんはわたしのペースに合わせて歩いてくれています。魔王退治の旅は終わっているのにです。

わたしのことを気遣ってくれる、ファクルさんはやさしい人です。

「あの、ファクルさん。冒険者ギルドに行くのって、何か依頼を受けるんですか？」

「いいや、受けない」

「なら、どうして？」

「あー、えっと、その、なんだ」

「？」

「アルアクル、気にしてただろ。俺とインウィニディアの関係を」

「……………………………………………………………別に気にしてないです」

嘘です。本当はすごく気になります。でも、それを正直に打ち明けるのは、何だか嫌でした。だからわたしはそっぽを向きました。

「……わかった。じゃあ、そういうことにしておく」

「そういうことにしておくも何も、気にしてません」

「わかった。アルアクルは俺とインウィニディアの関係を気にしていない」

「はい、そうです」

「だが、俺が気にしてるんだ」

「え？」

「その、なんだ。アルアクルに変な誤解をされたくないっていうか……ちゃんと説明しておきたいっていうか……いい年したおっさんが、何言ってるんだろうな。はは」

「そんなことありません！　わたし、ファクルさんに気にしてもらえて、うれしいです！」

「お、おう、そうか」

「はいっ！　そうなんです！」

わたしの答えに、ファクルさんがはにかんで、頬を掻きます。

「まあ、とにかく。俺とインウィニディアは本当にただの幼なじみなんだ。それをこれからあいつも交えて、ちゃんと説明するから」

「はい、わかりました！」

そうして冒険者ギルドにやってきました。どこの街の冒険者ギルドもそうですが、酒場が併設されていて、朝からお酒を飲んでいる方たちがいます。

ファクルさんは真っ直ぐカウンターに向かっていきます。

「インウィニディアに用があるんだが」

受付にいた男性に声をかけました。

「すみません。彼女、いつもなら出勤してるはずなんですが、まだ来ていないんです」

「遅刻か？」

「いえ、それはないかと。何せこれまで一度も遅刻していませんし。当然、無断欠勤もありません」

受付カウンターを離れます。

「……何だか嫌な予感がする。行くか」

「行くって、どこにですか？」

「あいつの家だ」

というわけで、お姉さんのご自宅に向かいます。

住宅が建ち並ぶ地区に、お姉さんのご自宅はありました。

「インウィニディア！　いるか!?」

呼びかけても、誰も出てきません。

それでも何度も呼びかけていると、隣の家の方が出てきて教えてくれました。お姉さんなら、すでに冒険者ギルドに出勤したと。用があるなら、冒険者ギルドに行くべきだと。

お礼を言って、わたしたちはその場を離れました。

「どういうことでしょう、ファクルさん？」

「わからん――が、何か事件に巻き込まれたのかもしれない」

事件……？　そう思った時でした。わたしの頬に冷たい何かが当たりました。

見上げれば空は厚い雲に覆われていて、すぐに大粒の雨が降り始めます。

まるでお姉さんの運命を暗示しているような気がして、わたしは身震いをしました。

◇◇◇　おっさんの実力。

わたしはちょっと不謹慎かもしれません。だって、大変なことが起こっているのに……こんなことを考えてしまうのです。もし、姿が見えなくなったのがわたしだったら――ファクルさんは同じように心配してくれたでしょうか、って。

ファクルさんの幼なじみであるお姉さんの姿が見えなくなったのが確認されてから、半日が過ぎました。雨はどんどんひどくなり、ファクルさんは目に見えて焦っています。

「落ち着いてください、ファクルさん。大丈夫です、きっと見つかります！」

「何でそう言い切れる!?　根拠は何だ!?」

雨音にも負けないファクルさんの大きな声に、わたしは思わずビクッとしてしまいました。

「あ……悪い。そんなつもりじゃなかったんだ」

「い、いえ、大丈夫です。大事な人、なんですね」

こんなに血相を変えたファクルさんを見るのは初めてです。

「大事っていうか……まあ、幼なじみだしな」

「………………………………………………………………それだけですか？」

「え？」

「な、何でもありません……！」

こんな時に、わたしはいったい何を口走っているのでしょう。ファクルさんはやさしい人ですし、幼なじみがいなくなったら、捜すのは当然じゃないですか。それなのにわたしは……！

ダメですね。ダメのダメダメです。今のわたしは、よくありません。

わたしは両方の手のひらで思いきり頰を叩きました。バチーン！　といい音が響き渡ります。

ファクルさんがビックリしたような眼差しを向けてきます。

「アルアクル、いったい何を――」

「気にしないでください！」

「いや、気にするなって言われても」

「気にしないでください！」

自分でもちょっとやりすぎたと思わなくもありません。ちょっぴり涙も滲《にじ》んできました。

それでも、これは必要なことだったと思うのです。

「…………………わかった」

ファクルさんはそれ以上何も言わないでくれました。

その心遣いが、うれしいです。ファクルさんは、やっぱりやさしいです。

わたしたちは、お姉さんを見かけなかったか、聞き込みをしました。

道行く人たちに、あるいは心当たりがありそうな近所の方々に。雨が降りしきる中なので、迷惑そうにされることもありました。

それでも足が棒になるくらい聞き込みをした結果、まだ若い、おそらく二十代の冒険者たちに連れ去られるのを目撃したという情報を手に入れることができました。

いったん建物の陰に入って、雨をしのぎます。

「よしっ、ようやく手がかりを掴むことができた！」

「よかったですね、ファクルさん！」

「ありがとな、アルアクル」

「そんな……わたしは何もしていません。聞き込みはファクルさんが中心でしたし……。ただ後ろにくっついていただけで」

わたしは勇者でしたが、その経験はこういう時、何にも役に立ちませんでした。その点、ファクルさんはすごいです。どういう人に聞けばいいのか、指示を出してくれたのはファクルさんです。

「そんなことない。一緒に聞き込みをしてくれたし、何よりアルアクルがいてくれたから、冷静さを失わずに済んだんだ。……って、ちょっと冷静じゃなかった時もあったけどな」

あの時は悪かった、とファクルさんが頭を下げます。

そんな、やめてください！　あれは無責任なことを言ったわたしが悪いんですから！

何とか頭を上げてもらいました。だって今は、お姉さんを見つけ出す方が先決ですから。

「それにしても……やっぱり冒険者に反感を買っていたか」

「みたいですね」

お姉さんと初めて会った時、ファクルさんが注意するように言っていたのを思い出します。

それに聞き込みをしている時にも厳しすぎるお姉さんは、冒険者さんたちから疎《うと》まれ、憎まれているという話も聞きました。

「だが、あいつのそれは冒険者のことを思ってだ。あいつなりのやさしさなんだ」

お姉さんのことをそう語るファクルさんは、こんな時だというのにちょっとやさしげな面差しで。

それを見て、わたしは胸の奥にズキッとした痛みを感じました。どうしてでしょう？　よくわかりません。

「とにかく今回の一件は逆恨みした冒険者たちの暴走だろうな」

ファクルさんの言葉に頷きます。冒険者さんたち――いえ、罪を犯した人たちにさんをつける必要はありませんね。冒険者たちの居場所も、すでに聞き込みを終えています。

わたしたちはその場所に向かいました。

冒険者たちの居場所は、居住区の外れにある平屋です。

気配を殺してドアの前まで近づきます。中から聞こえてくるのは、楽しげな笑い声です。

わたしとファクルさんは顔を見合わせると頷き、ドアを蹴破って踏み込みました。

お酒臭いです。どうやら酒盛りをしていたみたいです。

中にいた冒険者たちが、わたしたちを見て驚いたような、呆気《あっけ》にとられたような、そんな顔をしています。

ざっと室内を見る限り、お姉さんはいません。どうやら他の部屋にいるみたいです。

「お、おいおい、お前ら、何なんだよ……？」

「インウィニディアはどこだ」

「あ？」

「冒険者ギルドの受付嬢をしている、インウィニディアだ。ここにいるんだろ？」

「…………知らねえな」

嘘です。答えるまでに間がありましたし、ファクルさんに対して下卑《げび》た笑みを浮かべているのは、何かよからぬことを考えていると思わせるのに充分です。

「なら、力尽くで聞き出すまでだ」

「本気か？　俺たちはBランク冒険者だぞ？」

「それが何ですか。わたしは勇者ですよ？」

「は？」

その間抜けな声が、始まりの合図になりました。同時に、終わりの合図でもありました。

わたしは冒険者たちを、あっという間に無力化したのです。聖剣を召喚する必要もありませんでした。

「俺の出る幕なし、か。対人戦も、ずいぶん手慣れたもんだな」

「ファクルさんにいっぱい教えていただきましたから！」

魔物との戦い方、その心得だけでなく、対人戦闘に関するあれこれも。そのおかげで、盗賊退治などもずいぶん捗《はかど》りました。

ファクルさんは床の上で気を失って伸びている冒険者たちを縛り上げていきます。

それから、そのうちの一人の頬を叩いて、意識を取り戻させます。

「おい、もう一度聞く。インウィニディアはどこだ？」

「けっ、知るかよ」

「答えろ」

ファクルさんが殺気を放ちます。こうしている間もお姉さんが危険にさらされているかもしれないという苛立ちが合わさって、ファクルさんの殺気は冒険者の精神を揺さぶります。

「お、奥だよ！　今ごろ、リーダーがお楽しみのはずだ！」

引きつったような笑いを浮かべる冒険者を、ファクルさんが殴って気絶させます。

「ファクルさん！」

「ああ！」

わたしたちは奥へと急ぎました。

——間一髪で間に合いました。

そのドアを開けた時、両手両足を縛られたお姉さんが、野卑《やひ》な冒険者に押し倒されたところだったのです。あともう少し遅かったら、きっと最悪なことになっていたでしょう。本当によかったです——って、ダメです。まだ胸を撫で下ろすには早すぎます。

「お、お前ら、どうしてここに!?　俺の仲間がいたはずだろ!?」

「それならわたしが無力化しました」

「は？　お嬢ちゃんが？　嘘だろ？」

「嘘じゃありません。だってわたし、勇者ですから」

「勇者……？」

冒険者がわたしをマジマジと見つめます。

「その髪、その顔——確かにそうだ！　噂に聞いたことのある勇者の特徴と同じだ！」

「さあ、大人しくお姉さんを返してください」

「ふざけるなっ！　こいつはしがない受付嬢のくせに上から目線で偉そうに、Bランク冒険者である俺たちにいつもいつも説教しやがるんだぞ!?　ここらで一度、お灸を据えてやる必要があるんだよ！」

何て自分勝手な人なのでしょう。人の厚意を、そうやってねじ曲げて解釈して。

悪いことをして平気な顔をしている人、がんばっている人に理不尽を強いる人、人のやさしさを無碍《むげ》にする人。わたしはそういう人が許せません。

わたしは冒険者を睨みつけます。それだけで冒険者はすくみ上がって、動けなくなりました。

このまま無力化します。そう思っていましたが、

「アルアクル、ここは俺に任せてくれないか」

「ファクルさん？」

「こういう勘違いをして、調子扱《こ》いてるクソガキをしつけるのは大人の仕事だからな」

「…………わかりました」

わたしが睨むのをやめると、冒険者は目に見えてほっとしています。

「というわけだ。俺が相手してやるからかかってこい。それともアルアクルに睨まれて、ちびっちまって動けないか？　ん？」

「ふ、ふざけるな！　俺はBランクだぞ⁉」

「ああ、そうかよ。俺はCランクだ」

「格下じゃねえか⁉」

「なら怖くねえだろ？　ほら、ご託はいいからかかってこい、クソガキ」

「黙れよおっさん！　後悔するなよ……！」

冒険者が腰に帯びていた剣を抜き放ち、ファクルさんに襲いかかります。

普通に考えれば、Cランク冒険者であるファクルさんに勝ち目はありません。だって相手はBラ

ンク冒険者で、格上なんですから。

当然、冒険者ギルドで働いているお姉さんはそのことを知っているでしょう。

「ファクル……！」

だから悲鳴を上げています。ですが、わたしはまったく心配していません。だから言います。

「大丈夫です」

「大丈夫って何が!?」

「ファクルさんは大丈夫なんです」

お姉さんがわたしを睨んできます。でも、本当に大丈夫なんです。

その証拠に、狭い部屋の中、Bランク冒険者が振るう剣を、ファクルさんは避け続けます。お世辞にも華麗とは言えません。ずんぐりむっくりしたおじさんが、ドタバタしているようにしか見えないからです。

それでも、Bランク冒険者の剣は、ファクルさんに届かないのです。

どうしてそんなことが可能なのか、わたしは知っています。魔王退治の旅に同行していた時でも、ファクルさんは自己鍛錬を怠っていなかったのです。

それだけじゃありません。わたしに全力で相手をして欲しいと、お願いしてきたのです。自分もがんばりたいから、と。困っている人を助けたいから、と。

その姿を知っているわたしは、ファクルさんが、こんな、人の善意を踏みにじるようなことをする人に負けるはずがないと、言い切ることができるのです。

「どうした、クソガキ。Ｂランク冒険者様の実力はその程度か？」

「くっ、冴えないおっさんがドタバタしやがって！　これでどうだっ！」

気合いを入れて放たれる必殺の一撃。ファクルさんはそれを抜き放った刀ではじき返しました。

「なっ⁉」

「これで……おしまいだっ！」

宣言どおり、ファクルさんが峰打ちで冒険者の意識を刈り取ります。

「ぐは……っ⁉」

白目を剥《む》いて冒険者が倒れます。

お姉さんが信じられないものを見るような目で、ファクルさんを見ています。

でも、わたしはわかっていましたから。この結末を。だから、

「やりましたね、ファクルさん！」

ファクルさんに抱きついてしまいました。

「お、おう」

ファクルさんは真っ赤になって、受け止めてくれました。

この街のことに詳しくないわたしが、お姉さんと、お姉さんを誘拐、監禁した冒険者たちを見ている間に、ファクルさんが憲兵を呼びに行くことになりました。

雨はすっかり上がり、夕日が沈みかけています。

「ねえ」

お姉さんに話しかけられました。

「さっきのことだけど……ファクルのこと、信じていたの？」

「はい、信じていました」

「…………………………………そっか」

長い沈黙の末に、お姉さんがそう言いました。

「ファクルの昔のこと、聞きたい？」

お姉さんを見ます。おどけているようにも、真剣なようにも見える表情です。

「貴族の息子なのに、どうして冒険者になったのか。その本当の理由を」

本当の理由？　そんなものがあるのでしょうか。

「……知りたくないと言ったら、嘘になります」

でも、とわたしは続けます。

「それをお姉さんから聞くのは何か違うと思うので。どうしても知りたくなったら、ファクルさんに聞きます」

わたしの答えに、お姉さんは満足そうに微笑みました。

「いい答えね」

「そうですか？」

「ええ。あなた、きっといい女になるわ」

「お姉さんにそう言ってもらえるとうれしいです！」

「……くっ、かわいいわねこの子！」

お姉さんに抱きしめられました。どうしてでしょう？

わかりませんが、お姉さんに抱きしめられるの、嫌じゃありませんでした。

「おいおい、俺がいない間に、何やってるんだよ」

ファクルさんが憲兵の方たちを連れて戻ってきました。

「ねえ、ファクル」

お姉さんはわたしを抱きしめたまま、ファクルさんに近づき、耳打ちします。

「この子、あたしにちょうだい？」

「は？　やるわけねえだろ」

「つまり、この子は自分のものだと、そういうこと？」

「なっ、ばっ、お、お前!?　な、ななな何言ってるんだよ!?　バカなこと言ってんじゃねえよ!?」

二人が何を言っているのか、小さな声なのでよく聞こえません。何より、二人が仲よさそうにしているのを見ると、胸の奥がモヤモヤしてきます。

わたしはお姉さんの腕の中から逃げ出して、ファクルさんに抱きつきます。

「あ、アルアクル何を!?」

「ファクルさんがいけないんですっ！」

それからしばらくの間、わたしはファクルさんが何を言っても、どれだけ困っても、ファクルさんから離れませんでした。

おっさんside＊その眼差しに向き合う勇気を。

朝、ベッドの上で目を覚ましたファクルは、一瞬、ここがどこなのか思い出せなかった。

「……ああ、そうか」

ここは自分の部屋だ。生まれ育った屋敷の、自分の部屋。

冒険者として生きていくとこの家を飛び出したのに、戻ってきた時、この部屋はファクルが飛び出した時のままだった。

いつかファクルが戻ってくると、そんなふうに思って手入れをしていてくれたのだろうかと思うと、くすぐったいような気持ちになる。

幼なじみであるインウィニディアが冒険者たちによって誘拐、監禁されてから、数日が経っていた。

ファクルはベッドの上で、ぼーっとする。

「いつからだろうな、あの時のことを夢で見なくなったのは……」

あの時のことというのは、勇者パーティーを追放された時のことだ。

勇者であるアルアクルが盗賊退治をするため、一時的にパーティーを離脱することになった。

それを促したのが王子たちだったから、ファクルの驚きは相当なものだった。なぜなら、王子たちはアルアクルのことを狙っており、どこに行くにしてもつきまとうように一緒にいたからだ。たとえそれが盗賊退治であっても、今までは同行していた。アルアクルには見せないようにしていたが、相当嫌そうな顔をしながら。それなのに、その時は一緒に行かないという。

何かあるなとファクルが考えたのは、当然のことだった。

だがまさか、自分を勇者パーティーから追放するためとまでは思わなかった。

ファクルはアルアクルに妙に慕われており、それが王子たちにとって面白くないことなのは承知していた。

アルアクルの気づかないところでは嫌がらせも受けたし、嫌みもさんざん言われた。Cランク冒険者風情がパーティーにいると自分たちの品格が疑われるとか何とか。遠回しにパーティーを出ていくように促されていたことぐらい、ファクルだってわかっている。

それでもファクルには意地があった。勇者パーティーに同行して、勇者が魔王を退治するサポートをするという依頼を、冒険者ギルドを通じて正式に受けた以上、最後まで完遂するつもりだったのだ。

だが、自分が足を引っ張っていると言われたら？

勇者であるアルアクルは強い。魔王を倒すことができるのは勇者だけと言われているのは、なるほど当然だと思う。

普段はアルアクルに振り向いてもらうことばかり考えている色ボケ王子だが、騎士としての腕前はそれなりだし、それは同じように色ボケしている魔法使いや神官も同じだ。

ただ一人、ファクルだけが弱かったのだ。

魔物との戦いは徐々に熾烈《しれつ》になっており、ファクル自身、自分が足を引っ張っているかもしれないという自覚が生まれてきていた。

戦いはこれからいよいよ厳しくなる。何せこれから上陸する魔大陸は敵の本拠地とでもいうべき場所だ。だから王子たちから足手まといはいらないと言われた時、腹が立ったし、悔しかったし、むかついたが——その一方で、確かにそのとおりだと思う自分がいた。

そして、アルアクルの足を引っ張りたくないと、ファクルは王子たちの要求を受け入れ、追放された。

だが、それがすべてではなかったのかもしれないと、一人になってから気がついた。

アルアクルは自分を妙に慕ってくれている。たぶんそれは、ひな鳥が親鳥に対して無条件に慕うようなものだと思っている。まだ何も知らなかったアルアクルに、ファクルは戦い方などを教えたから。

アルアクルの眼差しはいつだって心地よくて、くすぐったくて、そんな彼女の期待に応えられる自分でいたいと、いつの間にか思うようになっていて。これから先、彼女と一緒にいたら、弱い自分を見て、幻滅されてしまうかもしれない。それが嫌で、王子たちの要求を受け入れたのかもしれない。だとしたら自分は最低だ。

そんな自分が嫌で、まるで自分を罰するような行動をファクルは取った。他の冒険者たちが現実的に考えて無理だ無謀だという理由で断る依頼を積極的に引き受けたのだ。その結果、あるいは死ぬかもしれないとわかっていても――。

囮役となってブラックドラゴンと対峙することになった時は、さすがに本当に死ぬかもしれないと思った。

なのに、死ななかった。勇者が――アルアクルが現れたから。

そしてさくっとブラックドラゴンを一刀両断して、ファクルを助けてくれた。

ファクルを連れ戻しに来たのかと思えば、すでに魔王退治は終えているときた。

どうやってファクルを捜したのかと問えば、困っている人を探して話を聞けば、ファクルにたどり着くと思ったと言うではないか。ファクルは困っている人を見捨てることができない人だから、と。

アルアクルは真っ直ぐな瞳で、何のてらいもない眼差しで、思っていることを、感情を、真っ直ぐにぶつけてくる。

この瞳を、この気持ちを向けられるのがうれしかった。

この瞳に、この気持ちに応えられなくなるかもしれない自分が嫌だった。

それでもこれは――もう一度、やり直すきっかけを神様が与えてくれたのかもしれないと、ファクルは思った。

この瞳を、この気持ちを真っ直ぐ受け止められる自分でいられるよう、今度こそがんばるのだ。

自分は不器用だ。ずんぐりむっくりしている。それにいい年したおっさんだし、王子たちのようにイケメンではない。それでも――こんな自分を、彼女はキラキラした瞳で見てくれている。

最初から、ゼロからがんばろう。そうやって彼女の瞳を、気持ちを受け止められる自分になろう。

――だから、ファクルは冒険者を辞めることにした。

アルアクルと再会した時に言ったとおり、自分自身に限界を感じていたというのも本当だが、仕切り直すためには、その方がいいとも思ったのだ。

そして、アルアクルと出会ってから、ふつふつと胸の内にわき上がっていた思い――自分の作る料理で、誰かを喜ばせたいというものを、形にすることにしたのである。

アルアクルのドーナツを食べる姿を見て決めたと言ったので、アルアクルは冗談に受け止めたかもしれないが、嘘でも冗談でもない。本当のことだ。

アルアクルが自分の作ったものを食べている姿は本当にしあわせそうで、自分にそんな力があるのなら、それを形にしたいと思ったのだ。

冒険者を辞め、食堂を開く。そう決めてからしばらくして、追放された時のことを夢に見なくなった。夢に見て、苦い思いをしなくなった。

それだけ成長したからとか、そういう理由だったらどれだけよかっただろう。しかし、実際はそうではない。ただ、がむしゃらなだけで。必死なだけで。

現に今のファクルは、彼女の思いに応えることができていない。あれだけあからさまな好意を向けられているにも拘《かかわ》らず、だ。

実際、家族には「結婚しないのか」「孫の顔が見たい」と言われている。

家族だけじゃない。幼なじみのインウィニディアから見ても彼女の好意はあからさまに気づくレベルで、大人であるファクルがリードするべきだ何だと、口うるさく言われている。

『でないと、あたしたちの時みたいになるよ』

とも。

確かにそうかもしれない。

昔、冒険者になると、この街を出ていく時、ファクルはインウィニディアに好きだと告白できなかった。まだものを知らない幼かった頃は、平気で「好きだ」と口にできたのに。どうしてできなかったのか。

答えは簡単だ。自分に自信がなかったからだ。家族とまったく似ていない自分のことを異物のように感じていたからだ。

異物な自分が誰かに受け入れられるわけがないし、好かれるわけがない。そんなのは当たり前のことだろう。

冒険者になると言って家を飛び出した真の理由はそれだった。

もちろん今では、そんなふうに思っていない。いや、違う。それは嘘だ。この街に来て、家族に再会するまでは、まだ少し思っていた。

だが、最初から、ゼロからがんばると決めたから。けじめをつけるために、ここにやってきた。

そして家族と再会して――どう切り出そうか迷っている間に、家族がアルアクルのことを気に入り、騒がしくなったため、そんなモヤモヤしたものはいつの間にかどこかに吹き飛んでいた。アルアクルには迷惑だったかもしれないが、ファクルとしてはとても助かった。

さらに、アルアクルの言葉だ。声の感じが親父に、耳の形が兄貴に、眼差しがお袋に。何より醸し出す雰囲気がとても似ていると言われて――ああ、そうかと。自分はこの人たちの家族なんだと。素直にそう思えることができた。

昨日の夜、時間ができた時、自分がそんなふうに思っていたことを、冒険者になった真の理由をようやく家族に伝えてみたところ、みんな揃って、呆れたような顔をしてみせた。

『お前はそんな理由で冒険者になりたいと出ていったのか』

『弟がアホの子だったとは……』

『確かにあなたは私たちに似ていないわ。でもね？　うちのご先祖様にそっくりなのよ？』

それは初耳だったが、実際、ご先祖様の若い頃を描いた絵姿を見せられて納得した。確かにそっくりだった。

その後、自分のバカさ加減に、大いに笑った。自分は何て遠回りをしてしまったのだろう。もっと早く、一歩踏み出していたら、こんなことになっていなかったのに。

いや、待て。もし遠回りしていなかったら、アルアクルと出会うことはなかったのではないか。なら、あの時の遠回りは必要だったのだ。

ともあれ、異物だと思っていたのは自分の勘違いだった。なら、自分に自信が持てるかと言えば――それはまた別問題というか。長い間、こじらせてきたのだ。そう簡単に自分の気持ちというか、考え方が変わるものではない。

「くそっ、面倒くさい奴だな」

自分のことだからこそ、余計に腹が立つし、この苛立ちをどこへぶつければいいのかわからず、モヤモヤする。

まったく、いったいどうすればいいというのか。アルアクルへの思いは胸の奥から溢れてくるというのに。

このままでは、あの時と同じことになる。インウィニディアの言うとおりだ。

いいのか。このままで。本当に――それでいいのか？

「いいわけ、あるかっ」

呟く声に、力が、思いが滲む。

「もう逃げ出さないと決めただろ!?　なら、今日こそ応えるべきだ！　はっきりと言葉にして……!!」

自分は食堂を開くつもりでいる。その手伝いをして欲しいと――そばで、ずっと。

そうだ。そうしよう。がんばるのだ。

何なら、アルアクルが失敗した時に怒る調子で、さりげなく切り出すのはどうだろうか。

「……よし、それでいく。やれよ、俺！」

そんなふうに気合いを入れて、ベッドから抜け出し、身だしなみを整え、部屋を出た。

するとそこに、アルアクルがいた。

「あ、ファクルさん！　おはようございます！　朝食ができたから迎えにいって欲しいと言われて来ました！」

「お、おう。そうか。それはありがとな」

「いえ、大丈夫です！」

今日も朝から眩しい笑顔を向けてくれるアルアクル。

こんなにかわいい子が自分のことを慕ってくれている。客観的に見ても、それは間違いないらしい。なら、後は自分が勇気を振り絞るだけ。

さあ、今日こそ応えると決めたではないか。やるんだ、ファクル！

「な、なあ、アルアクル。話が――」

「あ！」

「ど、どうした!?」

もしかしてばれてしまったのだろうか。これから自分が言おうとしていたことを。

「ファクルさん、寝癖がついてます！　ちょっとしゃがんでくれますか？」

「こうか？」

「もうちょっとお願いします」

「これならどうだ？」

「はい、届きます。……ここが跳ねてるから、こうして……んっ」

彼女から漂ってくる甘やかな匂い。ミルクのような、そんなやさしさがある。アルアクルはファクルから果物の匂いがすると、くんくんしてくるが、ファクルに言わせればアルアクルの方がよっぽどいい匂いだし、くんくんしてしまいそうになる。いい年したおっさんがそんなことをしたら犯罪っぽいのでやらないが。

「直りました！」

「お、そうか。ありがとな」

「えへへ、ファクルさんに頭を撫でられてしまいました。うれしいです！」

気がつけばアルアクルの頭を撫でていた。そしてアルアクルはそれを喜んでくれている。眩しい笑顔を浮かべて。

胸の奥いっぱいにうれしさが広がる。喜んでくれるとわかるから、もっと撫でたくなる。

だが、やりすぎるのはよくないかもしれない。猫とか、動物がかわいくて、構い過ぎると嫌われるというし。

必死の思いで、彼女の頭から手を退《ど》ける。

途端、もっとやって欲しかった――そんな表情を浮かべるアルアクル。やめてくれ。反則すぎる。

「それで、あの」

「ん？」

「さっき、何か言いかけていましたよね？　何ですか？」

「あ、あー……その、なんだ」

「はい」

アルアクルの真っ直ぐな眼差し。それをファクルは見つめて、見つめて、見つめて――逸らしてしまった。

「特に話ってわけでもないんだが、あ、あれだな。今日もいい天気だから、飯を食ったら街に出るか？」

「はいっ！　ファクルさんが開く食堂の参考にするために、いろいろ調査しましょう！　わたし、がんばります！」

今日もまた、結局言えなかった。

がっくりと項垂《うなだ》れるファクルの視界の隅に、狼の執事であるセバスが立っているのに気づく。

その眼差しはやめてくれ。「坊ちゃま、がんばってください」と声に出さず、口の動きだけで励ますのもだ。

ファクルはアルアクルに手を引かれて、食堂に向かう。

今日もまた確かにダメだったが、諦めるつもりはない。がんばると決めたのだ。

すぐ目の前を歩くアルアクルにきちんと向き合うと、そう決めたのだ。

第二章　勇者とおっさん、それに愉快な仲間たちと珍道中。

◇◇◇　関係の変化？　進化？

皆さん、わたしです。アルアクルです。

誰かが言っていました。出会いがあれば、別れがあるものだと。

その話を聞いた時は、何を当たり前のことを言っているのだろうと思ったものですが……。

いざ、自分の身にそれが訪れた時、人はどうしようもないくらい、動揺してしまうものなんですね。


その日はとてもよく晴れた日でした。雲一つない晴天です。絶好のお洗濯日和です。でも、わたしはお洗濯をしません。わたしがするのは――この街を旅立つこと。

つまり、ファクルさんのご家族や狼の執事さん、侍女さんたち。それにファクルさんの幼なじみであるお姉さん――インウィニディアさんとお別れするということでもあります。

わたしはファクルさんの横に立ち、お屋敷を背景にして立つファクルさんのご家族、それに屋敷の皆さんに頭を下げます。

「短い時間でしたが、大変お世話になりました……！」

普通に言ったつもりでした。でも、わたしの声は震えていたのです。

だって寂しかったから……。

この街に来て、まだ一週間くらいです。決して長い時間とは言えません。

それでもその間、皆さんはわたしのことを本当によく気にかけてくれて、とても素敵な時間を過ごすことができました。

こんなに心穏やかに過ごすことができたのは、久しぶりでした。だから別れたくない、もっと一緒にいたいと――心の奥で思ってしまったのです。

「あ、あれ……?」

気がつけば、わたしの頬をぽろぽろと涙が伝い落ちていました。

こんなふうに涙を流したのは勇者として孤児院から旅立つ時以来でしょうか。あの時は確か、院長先生が抱きしめてくれたんですよね――って!?

「あ、あの、お母様……?」

わたしはファクルさんのお母様に抱きしめられていました。

「大好きよ、アルアクルちゃん。私は――いいえ、私たち家族は、あなたのことを自分の娘のように思っているから」

「わたしが……娘?」

「ええ、そうよ」

ファクルさんのお母様のぬくもりが、わたしに伝わってきます。とくん、とくんと、鼓動の音が、寂しくて、心細くなっていたわたしの心に、元気をくれます。

わたしはそんなふうにお母様に抱きしめられて、お母様を感じていたので、知りませんでした。

お母様は元より、お父様、お兄様が「わかってるよな？」という感じの眼差しでファクルさんを見つめていたことを。

「だからアルアクルちゃん。私が言うべき言葉は『さよなら』ではなく『いってらっしゃい』」

お母様がわたしを離して、涙の跡を拭ってくれます。

「はい！」

わたしが元気よく返事をすると、「いい笑顔ね。大好きよ」と言ってくれました。

好きって、すごいです。だって、それを伝えられるだけで、胸の奥がぽかぽかあたたかくなって、どんなことでもできる、自分は無敵だって思えるようになるんですから。

今のわたしは無敵です。お母様に『大好き』をもらったんですから。

寂しさとか悲しさになんか、絶対に負けません！

「ファクルさん！　……ファクルさん？」

ファクルさんにもこの胸に溢れる思いをお裾分けしようと思って、ファクルさんを見たら、なぜか変な汗を流していました。

「どうしましたか？　大丈夫ですか？　調子が悪いのなら、わたしが回復魔法を……」

「だ、大丈夫だから！　これは、その、ほら、なんだっ。変な圧力を受けてな……」

「はぁ……？」

よくわかりませんが、回復魔法は必要ないみたいです。

でも、この思いはお裾分けしたいと思います。

「ファクルさん！」

「ん？」

「大好きです！」

「へ？」

「大好きです！」

「――――――」

ファクルさんが固まってしまいました。どうしたのでしょう？

「ファクルさん？」

「ふぁっ!? い、いきなり何を!? ……あ、ああ、そうか。俺の作る料理が好きとか、そういう」

「違います！　わたしはファクルさんが大好きなんです！」

「は？　はぁぁぁぁぁぁぁあああぁぁっ!?」

「ファクルさんのお母様も、お父様も、お兄様も、みんな大好きです！」

「………………………………ア、ソ、ソウイウコトデスカ」

ファクルさんが遠い眼差しをするようになってしまいました。大丈夫でしょうか。心配です。

「まあ、純情なファクルを弄ぶのはそのくらいで勘弁してあげて」

そう言ったのは、わたしたちの後ろから現れたインウィニディアさんでした。

今日、この街を旅立つことを告げていたので、挨拶に来てくれたようです。

「弄ぶ、ですか？」

わたしは首を傾げます。

「相変わらず天然ね。……これは相当苦戦するわよ、ファクル？」

「わかってる」

「へぇ、いい目をするようになったじゃない。昔、冒険者になるってこの街を飛び出していった時とは大違いね」

「そうか？」

「ええ。どんなことにも、諦めず挑戦する――そんな気概が伝わってくるわ」

「……別に、そんな大層なもんじゃねえが」

「まあ、そうなんだけど」

「おい！　持ち上げておいて落とすなよ！」

「だって、あんたがさっさとはっきりさせればいいだけの話なんだもの。違う？」

「…………違いません」

何だか二人だけでわかり合っている感じです。むぅ、って感じです。

わたしはファクルさんの腕に――いえ、体に抱きつきました。

「お、おい、アルアクル、何を」

「別に意味はありません。わたしがこうしたいからしたんです！」

「お、おう。そうか」

「そうなんです！」

そんなわたしたちを見て、インウィニディアさんが朗らかに笑います。

「あなたちのそのやりとり、いつまでも見ていたいけど……ほら、そろそろ旅立たないといけないんじゃない？」

ファクルさんがわたしの頭をぽんぽんと叩きます。

「だな」

「ですね」

わたしたちは顔を見合わせると、二人揃って皆さんに向き直ります。

「親父、兄貴、お袋……それに、他のみんな。俺、食べたみんなに喜んでもらえる、笑顔になってもらえる、そんな食堂を開くから」

「今度は本当なんだな？」

お父様の問いかけに、ファクルさんが「ああ」とうなずいていますけど……『今度は』というのは、どういう意味でしょう？

そんなことを思っていたら、ファクルさんが言いました。

「それじゃあみんな、いってきます」

やさしい眼差しで、わたしを見つめます。照れます。いえ、照れている場合ではありません。わたしも言わないと！

「皆さん、いってきます……！」

「いってらっしゃい！」

わたしたちは笑顔に見送られて、街を出ました。

わたしたちが向かうのは、以前、ファクルさんが冒険者の仕事で出向いたことがあるというトリトス地方です。

落ち着いた雰囲気の田舎で、店を開くならどこがいいだろうと考えた結果、そこがいいのではないかと思ったそうです。何となく自分の考えている店の感じと、雰囲気が合致するからと。

トリトス地方に向かう馬車や商隊を探して、同乗させてもらったり、護衛するという形を取ることも考えたのですが、生憎《あいにく》と田舎すぎて、誰も向かいません。ということで、徒歩で向かいます。

「急ぐ旅でもないし、こういうのもいいだろ」

「ファクルさんとの二人旅です！　魔王退治の旅以来ですね！」

「そうだな――って、王子たちがいただろ？」

「え？　そうでしたっけ？」

あんな人たちのことはどうでもいいので、忘れていました。

とはいえ、ファクルさんを追放した人たちでもあるので、もし再会することがあったら……ふふふ。

「アルアクルがまた黒くなってる……！」

黒いって何でしょう？　よくわかりませんね。

とにかく、二人旅です。ワクワクです！　ドキドキです！

「だが……何か忘れているような気がするんだが」

「食材はわたしのアイテムボックスに収納してありますよ？」

昨日のうちにファクルさんと一緒に市場に出向いて、食材はもちろん、調味料やスパイスなど、いろいろ購入しておいたのです。

「いや、そういうのじゃなくて……うーん、何を忘れてるんだ？」

「思い出せないということは、どうでもいいことなんだと思います」

「そうなのかもしれないが……何か気になってな」

歩きながらファクルさんが、うーんと唸った時でした。わたしたちに近づいてくる馬車がありました。

「お二人とも、僕を置いていくなんてひどいですよ！」

「あなたは確か…………誰ですか？」

わたしたちのそばで停まった馬車の馭者台から、金髪で、睫毛《まつげ》がとても長い美少女が声をかけてきました。この美少女、わたしと同じで、つるーんで、ぺたーんです。つまり、同志です。

「クナントカですよ、アルアクルさん！」

「違うだろ!?　クリスだろ!?」

「ちょ、やめてくださいファクルさん！　親にもらった名前は捨てたんですから！」

「捨てるな！」

ファクルさんとのやりとりを見て思い出しました。確かにクナントカさんです。美少女ではなく美少年。つまり、同志ではありませんでした。ぐぬぬ……！

「それでクナントカさん、いったいどんな用があるのでしょう？」

「結婚してください！」

「ごめんなさいお断りします」

「久しぶりに『お断りします』いただきましたぁっ！」

とてもうれしそうですね。

「変態だな」

ファクルさんの意見に激しく同意です。

「まあ、掴みはこれぐらいにして」

「おい、掴みって何だ」

「僕もお二人の旅に同行させていただきます！」

聞けば、わたしたちと離れている間に実家と掛け合い、武者修行ならぬ商人修行として、わたしたちの旅に同行する許可を得たそうです。

以前いたイケメンさんたちが同行していないのは、その方がよりいい経験を積めると考えたからとのことでした。

「それに、ファクルさんは食堂を開くんですよね？」

「そうだな」

「店舗を購入する際の交渉や、食材の仕入れ先とか、僕がいるといろいろ捗ると思いますよ？」

「よしクリス。お前の同行を俺は快く受け入れようと思う！」

「ありがとうございます！」

ファクルさんとクナントカさんが固い握手を交わしています。

ど、どうしましょう、大ピンチです！　今のわたしはファクルさんの旅についていくだけの人です！　そんなの嫌です！

「あ、あの、ファクルさん……！」

「どうした、アルアクル？」

「ファクルさんが開く食堂、わたしにもお手伝いさせてください……！」

「え？」

ずっと考えていたんです。わたしとファクルさんは、どういう関係なんだろうって。でも、答えは出ませんでした。

ファクルさんが昔馴染み（男の人だそうです）と積もる話があるとかで一緒にいられなかった時、街を散策していたらたまたまインウィニディアさんと会ったことがあり、お茶に誘ってもらえて、わたしは自分が悩んでいることを打ち明けたんです。そうしたらインウィニディアさん、言ってくれたんです。

『難しいことは考えないで、思ったとおりに、心のままに行動に移せばいいのよ』

って。その言葉どおり、わたしは行動します。

「お願いします！　ファクルさんの食堂、手伝いたいんです……！」

「アルアクル……」

ファクルさんがわたしの名前を呟いて、困ったような顔をします。

「あ……ご迷惑……でしたか？」

言葉にしたら、胸の奥がズキッと痛みました。

「ち、違う違う！　違うから、そんな顔するな！」

「でも……」

「これは、その、あれだ。俺にできないことをアルアクルが平然とやってのけるから。アルアクルには敵《かな》わないなって、そう思ったんだ」

「ファクルさんにできないことなんてありませんよ？」

だってファクルさんはすごい人なんですから。

「……そんなことねえよ。勇気を振り絞れなくて、女の子から先に大事なことを言われちまうんだから」

ファクルさんが聞こえないくらい小さな声で、何かを呟きました。

何と言ったのでしょう。気になっているわたしの前で、ファクルさんが自分の頬を殴りました。

え、ええ、そうです。わたしの見間違いではありません。

「ファクルさん、いったい何を!?」

「いろいろ活を入れたくてな」

どういうことでしょう？

「ありがとう、アルアクル。手伝ってくれるか、俺の店」

「い、いいんですか……？」

「ああ。本当のことを言えば……俺の方から切り出そうと思っていたくらいなんだ。いろいろあって、アルアクルに先に言われちまったけど」

ファクルさんが眉を下げて、頬を掻きます。

「どうだ、アルアクル？」

「はいっ！　お手伝いさせていただきます！」

よかったです！　これでわたしとファクルさんの関係はあれですね！

お店の主人と従業員です！

……何でしょう。こうして言葉にすると、とても残念な気持ちになるのは。

で、でも、あれです！　わたしもこれで無職じゃなくなるということですし！　明るく、前向きにものごとを考えたいと思います！

「よろしく頼むな、アルアクル」

ファクルさんがわたしの頭を撫でてくれました。ご褒美です！　えへへ。

「二人の世界に入ってるところ申し訳ないのですが」

「そういえばクナントカさんがいたんでした」

「存在を忘れられていた!?　ご褒美です！　ありがとうございます！」

「変態か！」

ファクルさんにとても激しく同意します。

「それはさておき。ファクルさん。今までアルアクルさんのことは『嬢ちゃん』と呼んでいたはずですよね？　いったいいつから名前で呼ぶようになったのです？」

「そ、それはその、あれだよ！　いろいろあったんだよ！」

「いろいろとは？」

ファクルさんとクナントカさんが楽しそうに言い合いをしています。

以前のわたしなら何だか胸がモヤモヤして、二人の間に割って入っていました。

でも、今のわたしは違います。ファクルさんのお店を手伝える、その喜びに包まれていましたから。

お手伝い、がんばります！

◇◇◇　どっちも悪くない。

皆さん、嘘をついたことがありますか？　わたしはあります。

孤児院にいた時、おやつをちょっと多く食べてしまったのを誤魔化そうとしたのです。でも、結局、院長先生にばれて、怒られました。

いえ、ただ怒られるだけならよかったのですが、それだけではなくて……。

ファクルさんの生まれ故郷を旅立ってから、もう三日も過ぎてしまいました。早いです。そしてちょっぴり寂しいです。

わたしのことを自分の娘のように思っていると、そう言ってくれたファクルさんのお母様。わたしにお母さんの記憶はありませんが、もしかしたらあんな感じなのかもしれないと、そう思います。

「……会いたいです」

「ん？」

思わず呟いてしまったわたしの声が聞こえたのでしょう。隣にいたファクルさんがどうしたのかと聞いてきます。

わたしたちは今、クナントカさんが馭者を務める馬車の荷台にいます。人が乗るためのものではなく、荷物を運ぶためのものなので、乗り心地はあまりよくありません。

道はでこぼこしていますし、そのせいでガタガタ揺れます。それでも歩くよりずっと早いですし、旅には便利です。

ファクルさんがわたしの顔を見ています。

「あ、えっと、……何でもありません」

わたしはそう答えました。

心が痛みます。だって、ファクルさんに嘘をついてしまったのですから。

でも、嘘をつくしかなかったのです。ファクルさんに心配をかけないためには。

「そっか――――なんて言うと思ったか？」

「え？」

いつもと違う怖い声にファクルさんを見れば、魔物と向き合っている時と同じくらい、真剣な表情をしていました。

いえ、ちょっと違います。何だか怒っているような感じがします。

いえ、それも違いました。

「俺は怒ってる」

はっきり、言葉にされました。

「そんな顔をして、何でもないわけがねえだろうが」

「そんな顔？」

「寂しい、心細い……そんな感じの顔だよ。どうした？　何があった？　それとも……人には言えないことか？」

違います。そうじゃありません。わたしはそういう意味を込めて、頭を横に振りました。

頭の上でまとめた、わたしの髪が大きく揺れます。

「なら、話してくれ」

ファクルさんの声がやさしくなります。

それはわたしの心に染みこんできて、気がつけばわたしはすべてを話していました。

「つまり、アルアクルは俺に心配をかけたくなかったから黙ったわけだ」

「……………はい」

すべてを打ち明けてしまった今、わたしはファクルさんの顔を見ることができませんでした。

わたしはファクルさんに嘘をついてしまいました。そのことをファクルさんは怒っているかもしれません。

あるいは、呆れている――いいえ、嫌われてしまったかもしれません。

孤児院で嘘をついた子どもに、院長先生が言っていました。嘘をつくのはいけないことだと。嘘をついていると、みんなに嫌われてしまうと。だから嘘をついてはいけないのだと。

もし、ファクルさんに嫌われてしまったら……？

そう思ったら、わたしの胸は張り裂けそうなほど苦しくなりました。

今すぐファクルさんを見て、確認したい。でも、もし嫌われていたら？ 今までとはまったく違う、冷え切った眼差しでわたしを見ていたら？

立ち直れる気がまったくしません……。

こんな怖い思いは、いよいよ魔王と戦うとなった時でも感じたことがありませんでした。

この恐怖に立ち向かうなら、あと何回、いえ、何十回でも、魔王と戦った方がマシです……！

ファクルさんを見たい。でも、見たくない。相反する気持ちにわたしの心は千々に乱れます。

どうしましょう。どうしたらいいのでしょう……⁉

「アルアクル」

名前を呼ばれました。

それはいつものファクルさんの声です。とてもやさしい、わたしの心をじんわりあたたかくする、大好きな声。

「ファクルさん……」

顔を上げます。ファクルさんを見ます。

ファクルさんは困っているような、怒っているような、そんな表情を浮かべていました。

「怒っていないんですか……？」

「怒ってる」

「……そう、ですよね」

だってわたしは嘘をついていたんですから。

「アルアクルがそんな気持ちになっていたのに気づけなかった自分にな。悪かった」

「そんな！　ファクルさんは悪くありません！　だから謝らないでください！　むしろ謝らなければいけないのはわたしの方です……！」

「何でだよ？　寂しくなったりするのは、別に悪いことじゃないだろ？」

「だってわたしは嘘をつきました！　ファクルさんに『何でもない』って！」

「それは俺に心配をかけたくなかったからだろ？」

「そうです」

「なら、やっぱり謝るべきは俺じゃねえか」

「いえ、違いますっ！」

「違わねえんだよ。アルアクルにそんな気を遣わせる、俺が悪いんだ」

「そんなことありません！　絶対に違います！　ファクルさんは絶対に悪くないんです！」

「絶対？」

「はい、絶対です！　ファクルさんはいつだって、どんな時だって、絶対に悪くないんです！」

「そ、そうか。…………え、何これ。アルアクルの期待がすごいんだけど！　俺、どうすればいいんだ!?　誰か教えてくれ……！」

ファクルさんが聞こえない声で何か呟いていました。

「ま、まあ、なんだ。アルアクルの言い分はわかった」

「本当ですか？　よかったです」

「で、俺の方も自分の意見を曲げるつもりはねえ。アルアクルは悪くない」

「でも！」

「これは絶対に譲らねえからな」

ファクルさんは断言しました。

「…………わかりました」

「そんな不満そうな顔をするな」

「だって」

頬を膨らませると、ファクルさんも同じような顔をしました。

「何ですか、その顔」

「アルアクルの真似だ」

「変な顔です」

「つまり、アルアクルの顔も変な顔ってわけだな」

「そうなっちゃいますね」

「そうなっちまうんだよ」

わたしたちは顔を見合わせて、笑いました。

ひとしきり笑い合った後、ファクルさんがわたしを見て言います。

「で、だ。アルアクルはお袋のぬくもりが恋しいわけだ」

「恋しいんでしょうか？」

よくわかりません。こんな感じになるのは、初めてのことなので。

「恋しいんだよ。で、そういう時は――」

「そういう時は？」

ファクルさんを見ます。手を広げようとしてはやめて――というのを何度か繰り返しています。

それに、顔が真っ赤です。

どうしたのでしょう？

「ファクルさん、大丈夫ですか？　顔が赤いですよ？　熱でもあるんじゃないですか？」

わたしはファクルさんの体に身を寄せます。そして自分のおでこと、ファクルさんのおでこをくっつけました。まだわたしがちっちゃかった頃、体調を崩して熱があった時、院長先生がそうしてくれたみたいに。

「&＋$◎×%＃＊?!△※ッッッッッッ」

ファクルさんが声にならない声を上げました。

というか大変です！

「ファクルさん、すごい熱じゃないですか……！」

「い、いや、これは違うから!?　そういうんじゃないから!?」

「何言ってるんですか！　ほらっ、横になってください！」

「は……？」

わたしはファクルさんを横にすると、その頭を自分の膝の上に載せました。

「ちょ、これ!?　膝枕!?」

「はい、そうです。膝枕です」

この時のわたしはファクルさんが大変なことになってしまったと慌てていて、回復魔法を使えばいいことをすっかり失念していました。

「やわらかい……って違う！　本当に大丈夫だから！」

ファクルさんが起き上がろうとします——が、させません。

「ちょ、起きられないんだけど!?」

「当然です！　わたしは勇者ですよ？」

「勇者の力の無駄遣いだ⁉」

そんなことありません。

「本当に大丈夫なんだよ！」

「何言ってるんですか、全然大丈夫じゃないです！」

「本当にそう言うんじゃないんだってこれは！」

「なら、どういうことなんですか？　教えてください！」

「そ、それは――！」

「それは？」

その時でした。馭者をしていたクナントカさんが言ったのです。

「……あそこで大人しくアルアクルさんを抱きしめていれば、余計な言い訳をしないで済んだのに。あ、いや、むしろ言い訳をしなかったことで、膝枕を堪能できた……？　くっ、ファクルさんってば、とんでもない策士なんですけど⁉」

「違うからな⁉　俺は策士じゃねえからな⁉」

わたしには聞こえませんでしたが、ファクルさんには聞こえたみたいです。

「とにかく、あれだ。落ち着いて話せばわかることだ。だから、まずは膝枕をやめるんだ！　これ以上膝枕をされると、俺の生命が大変なことになる！」

「アルアクルさんの膝枕は最高だと思いますが、でも、膝枕ごときでここまで動揺するなんて、ファクルさん、まさか童て――」

「おっとクリス、それ以上は言葉にするんじゃねえ……！　俺は、その、あれをこじらせたりなんかしてねえからな……!?」

ファクルさんがわたしの力を振りほどき、起き上がって、クナントカさんに詰め寄ります。

勇者の力を圧倒するなんて……ファクルさんはやっぱりすごい人でした。

どうしてあんなに熱かったのか気になりますけど、クナントカさんと言い合っている姿は元気ですから、大丈夫なのかもしれません。

頷いたわたしの視界の隅に、動くものが映りました。

「ファクルさん、クナントカさん！　人です！」

「何だと？」

道の両脇にあった木々の中から、ぼろぼろに傷ついた男の人が現れたのです。

「た、助けてくれ！　盗賊に襲われたんだ……！」

わたしは盗賊が許せません。

中にはやむなく盗賊に身を落としてしまった方も、いるかもしれません。それでも、一生懸命がんばっている人、努力している人を踏みにじるような行為をする人を、わたしは絶対に許せません。

「ファクルさん！」

「ああ、わかってる。盗賊退治としゃれ込むか」

ファクルさんが獰猛《どうもう》な笑みを浮かべて、そう言いました。

◇◇◇　用心棒、現る！

皆さんは思わぬ場所で、思わぬ人物と再会を果たした――なんてことがありますか？

思わぬ場所というのが、本当に意外な場所でしかなくて。しかも、もう二度と会うことはないだろうと思っていた人物と再会した時。どういう行動を起こすのが正しいのでしょう？

いえ、そんなことより、もっと考えなくてはいけないことがあります。その再会が、わたし――アルアクルにとって、どういう意味になるのか、どんな変化をもたらすのかということを……。


わたしとファクルさん、それにクナントカさんの前に現れた、ぼろぼろに傷ついた男の人。

その男性は盗賊に襲われたと言い、仲間がいるからと助けを請われました。

わたしたちは男性の仲間を助けるとともに、その盗賊を退治することを決めました。

話を聞けば、男性がやってきた方角――林の中に、盗賊たちのねぐらがあるらしいです。

男性は隊商を組んでいて、群れをなした盗賊たちによって襲われ、ねぐらに連れていかれたところ、隙を突いて何とか逃げ出すことができたらしいです。

「この木々の向こうか。ってことは馬車では行けねえな」

ファクルさんの言葉に、わたしとクナントカさんが頷きます。

「そういうことなら、僕はここで待機しています。元より戦力にはなりませんし」

「だが、それは危険だ。俺たちが離れることでクリスが襲われる可能性も考えられる」

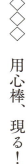

「なら、わたしが結界を張ります」

光属性の魔法で、《聖域封界》《セイクリッド・ガーデン》と呼ばれるものです。この魔法は光の壁を幾層も作ることで、その中にいる者に対して害を為そうとするもの——人はもちろん攻撃など、すべてを退ける完全防御の魔法なのです。

「そんな高レベルの魔法を難なく使いこなせるなんて、さすがアルアクルさんです！」

クナントカさんに褒められましたが、これぐらい普通ですから。

「本当にすごいよな、アルアクルは」

ファクルさんに褒められてしまいました！　うれしすぎます……！

「じゃあ頼む、アルアクル。やってくれ」

「はいっ、わかりました！」

ということで、わたしは張り切って光属性の魔法、《聖域封界》を発動させました。

クナントカさんと馬車を守るように、幾層もの光の壁が出現しました。

「おお、これが……！」

驚きながら、クナントカさんが壁にぺたぺたと触れています。

「この中にいれば安全ですから」

「わかりました。ありがとうございます、アルアクルさん。僕のために。結婚してください！」

「無理ですごめんなさいお断りします」

「今日も『お断りします』いただきました～っ！」

「変態だな」

「変態ですね」

「……というか、そうやってさりげなく自分の思いを告げられるってすげえよな」

「ファクルさん、何か言いました？」

「べ、別に何も言ってねえから⁉」

そうですか。では、何か聞こえたような気がしたのは、わたしの気のせいですね。

それにしてはファクルさんの顔が赤いのですが……またおでこをくっつけて熱を測った方がいいでしょうか？

「ほ、ほら、盗賊退治に行くぞ⁉」

「はいっ！」

ファクルさんは男性を促し、歩き出します。わたしはその後ろをついていきました。


この先に盗賊たちのねぐらがあると、ここまで案内してくれた男性が言いました。

よどみなく、迷うことなく、男性はここまで真っ直ぐ、わたしたちを連れてきてくれました。

足取りもずいぶんとしっかりしたものでした。

「そうか。ありがとな」

男性に笑顔でお礼を言ったファクルさんが、その笑顔のまま、腰に帯びていた刀を一息に抜き放ちます。勇者であるわたしだから見えましたが、普通の人なら気がついた時には刀が現れたと思ったでしょう。

ファクルさんは、自分はCランク冒険者だと謙遜していますが、本当にすごい人なのです！

で、その刀はここまで案内してくれた男性の喉元に当てられていました。

「これはいったいどういうことで？」

困惑している男性に、ファクルさんは告げました。

迷うことなくここまで道案内できたことが怪しい、と。

「そんなことで、こんな真似を？」

「あんたは命からがら、必死に盗賊たちのねぐらから逃げてきたんだよな？　だとしたら、周囲の景色を見ている余裕なんかなかったはずだ。なのに迷わなかった。おかしいだろ？」

「そ、それは道を覚えるのが得意で」

「まあ、そういう可能性もなくはない。けど、あんたは怪我をしたというわりに、足取りがしっかりしすぎていた。その怪我、見かけだけだろ？」

「いやいや、そんなことは――」

「あんたの役割は標的を見繕い、ねぐらまで案内することだ。道を行く俺たちの前に現れた時、あんたの目はぎらついていた。さぞおいしい獲物に見えたんだろうなぁ？」

「くそっ、ばれちまったからには――」

仕方ない、男性――いえ、盗賊はそう言って懐から何かを取り出そうとしました。

おそらくは武器。

ファクルさんに対抗するためだと思います。

ですが、ファクルさんの刀がそれより早く煌めき、盗賊の意識を刈り取ります。

「さすがファクルさんです！　すごいです！」

一瞬にして相手の意識を刈り取るのは、なかなか難しいのです。

「大したことじゃねえよ」

「そんなことありません！」

わたしの言葉に、ファクルさんが微妙にそっぽを向いて、頬を掻きます。耳の先が少しだけ赤くなっているように見えました。

照れているのでしょうか。ファクルさん、かわいいです。

「って、照れてる場合じゃねえ！」

やっぱり照れていたみたいです。かわいいです。

ファクルさんは気を取り直すように頭を振ると、アイテムボックスからロープを取り出し、盗賊を素早く縛り上げていきます。

そうしてそこら辺に、っぽい！　と転がすと、木々の向こうに見える洞窟《どうくつ》を見据えます。

そこが盗賊たちのねぐら。入口に立っている二人は見張りでしょう。

「俺が一人をやるから」

「もう一人をわたしが倒します」

わたしたちは一斉に飛び出して、見張りに肉薄すると、意識を奪います。

そのまま二人には転がっていてもらいましょう――そう思った時、洞窟の奥から人がやってきたのです。

「おい、お前ら。交代の時間だ――って、何だてめえらは!?」

「盗賊退治に来た」

「っ!?　イッチの奴、しぐじりやがったな!?　おい、敵襲だ！」

大声で叫ばれました。どうやら秘密裏に退治することはできなくなったみたいです。

叫んだ人は奥に駆け込んでいきます。

わたしたちは追いかけました。洞窟は自然にできたもののようで、ぐねぐねと入り組んでいて、下もでこぼこで走りづらいです。

どれくらい走ったでしょう。

「ここは……」

「空洞みたいですね」

「そして、あんたらが死ぬ場所でもある」

聞こえてきた声に見れば、ヒゲモジャのむくつけきおじさんを中心に、小汚い男の人たちが固まっています。

斧や鉈《なた》、ショートソードなど、不揃いな武器を装備しています。

身につけている防具も武器と同じく、不揃いです。

何度も退治したことがある盗賊たちの特徴と一致します。――つまり、盗賊です。間違いありません。

ファクルさんを見れば、どうやらファクルさんもわたしと同じ確信を得たのでしょう。頷いてくれました。

「俺たちは死なない」

「はっ、みんなそう言って死んでいくのさ！　……いや、待て。そっちのお嬢ちゃんは別だ。ここでは殺さない。俺がいろいろかわいがってやる。べっぴんさんは、さぞかしいい声で鳴いてくれるんだろうなぁ！」

おそらくこの盗賊の首魁《しゅかい》だと思う人が、わたしを見て、いやらしい笑みを浮かべました。かわいがるという言葉の意味がどういうことなのか、知っています。盗賊退治に向かうと、必ずと言っていいほど、言われることですから。

「それは無理だな」

「何だ、お前が守るとでも言うのか？　見たところ俺と同じくらいのオヤジじゃねえか。さてはあれか。お前のこれか？」

首魁が小指を立てて、ファクルさんに見せます。

「ち、違う！」

「おい、何赤くなってるんだよ。気持ち悪いオヤジだな」

何を言っているのでしょう。気持ち悪いなんてとんでもないです！　赤くなったファクルさんはど、かわいい人はいません！

「俺が無理だと言ったのは、アルアクルが強いからだ。ここにいる誰よりもな」

「は？　強い？　そのお嬢ちゃんがか？　こいつは笑わせてくれるぜ！　なあ、おい！」

「へぇ！」

盗賊たちが笑います。何だかファクルさんを馬鹿にされたようで面白くありません。

なので、わたしはお仕置きをすることにしました。

殴るとか、蹴るとか、そんなことはしません。軽く威圧しただけです。

それだけで盗賊たちの大半が気を失ってしまいました。涎を垂らしているのはいい方で、おもらしをしてしまった盗賊もいます。

「アルアクル、やりすぎだ」

「仕方ありません。この人たちがファクルさんをバカにしたんですから」

「……俺のためだとしてもだ。だが、まあ、ありがとな」

ファクルさんに頭を撫でてもらいました！　えへへ。

「な、何なんだお前は!?　何なんだよ!?」

首魁なだけあって、ヒゲモジャは意識をかろうじて保っていました。

「勇者ですが何か？」

「勇者!?　勇者だって!?」

真っ赤に血走った目で睨まれます。

「なら、こっちも切り札を出すしかねぇな！　先生、先生！　お願いします！」

首魁がそう叫ぶと、奥から人影が現れました。

先生というのは用心棒のことを言うらしいです。盗賊退治をする中で覚えました。

大抵は冒険者崩れの人で、それなりに強い人ではあったみたいですが、ギルドの方針と反りが合わなかったり、人を傷つけることに快感を覚えてしまったり、他にもいろいろな理由があって、堕ちてしまったみたいです。

さて、この盗賊たちの用心棒は、いったいどんな人でしょう？

「お、おいおい、マジかよ！」

ファクルさんが驚愕しています。それはわたしも同じ気持ちでした。

だって現れたのは――。

「女の子じゃないですか！」

蒼い髪、眠たげに半分ほど閉じられた金色の瞳。身長はわたしの胸元ほどくらいでしょうか。

ちなみにわたしは同年代の女の子よりちょっと高めです！　って、それはどうでもいいですね。

魔法使いが装備するローブをまとっています。ローブの色は深い青。

まさかこの子が用心棒!?　信じられません！　ですが、首魁は女の子に全幅の信頼を寄せた眼差しを注いでいます。ということは、本当にこの子が用心棒……！

「呼んだ？」

ぼんやりした声で、女の子が尋ねます。

「先生、こいつらをやっちゃってください！」

「わかった」

女の子がまずファクルさんを見て、それからわたしを見ます。

「ゆーしゃ」

え？　今、わたしを見て、勇者と言いましたか？

この子と会うのは初めてです。なのにどうして？

「会いたかった、ゆーしゃ！　ずっと捜していた！」

どうしてわたしは女の子に抱きつかれているのでしょう!?

誰か教えてください！

この子、わたしより胸が大きいです！　ぐぬぬ……！

◇◇◇　勇者、用心棒の驚愕の正体を知る。

わたしはどこ？　ここは誰？　そんなことを思わず口走ってしまいたくなるぐらい、混乱しています。

盗賊退治をするため、盗賊のねぐらまでやってきたわたしとファクルさん。そこで盗賊の用心棒と目される人物が現れたのはいいのですが、まさかその人物に会いたかったと言われるなんて、誰が想像できたでしょうか？

少なくともわたしは想像できませんでした。

「アルアクル……知り合いか？」

「違います！」

わたしは言いました。

でも、そんなわたしの言葉を否定する人がいました。わたしに抱きついている美少女その人です。

「それは嘘」

「嘘じゃないです！」

「だってイズとゆーしゃはとっても熱い時間を過ごした」

「は？」

と言ったのはファクルさん。

「え？」

と言ったのはわたしです。

「熱い時間……ですか？」

「ゆーしゃ、とっても激しかった。あんなに激しくされたの、イズはじめて」

「ちょ、ちょっと、何だか誤解されるような言い方をしないでください！」

わたしはこの子を知りません。なのに、そんな言い方をされると、わたしとこの子が、何だかただならぬ関係にあるみたいに聞こえるじゃないですか。

「あ、あの、先生……？　こいつらを倒して欲しいんですが」

すっかりその存在を忘れていた盗賊の首魁が、おずおずと言ってきました。

「無理。というか、やりたくない」

「そんな!?　先生にはいろいろ便宜を図ってきたじゃないですか！」

「うるさい」

わたしに抱きついたまま、女の子が首魁に手を向けると、

「ぶぼらぁっ!?」

首魁が吹き飛ばされて、壁に叩きつけられました。

「今のは魔法か？」

「違います。純粋な魔力です」

ファクルさんの疑問に、わたしは答えました。

そう、彼女が放ったのは魔法ではなく、純粋な魔力です。しかも高濃度のものを、かなり圧縮した形で。

わたしはその攻撃方法に覚えがありました。でも、まさか……信じられません。

「これで邪魔者はいなくなった。二人で思う存分イチャイチャできる」

女の子がわたしに頭をぐりぐりと押しつけてきます。その仕草自体はとてもかわいらしいものですし、見た目は愛らしいので、ついつい頭を撫でたくなります。

でも、わたしが想像しているとおりなら、彼女はそんな愛くるしいものではないのです。

「わたしの質問に答えてください」

「何？　ゆーしゃが知りたいことなら、イズは何だって答える」

わたしに抱きついたまま、上目遣いで彼女が言います。かわいいです——じゃありません！

わたしは頭に思い浮かべていた名前を口にします。否定して欲しい、間違いであって欲しいと、そう思いながら。

「あなた、魔王……ですか？」

「そう。イズはイズヴェル・ジーニエと言って、魔王と呼ばれていた。会いたかった、ゆーしゃ。ずっと捜していた」

わたしの願望はあっけなく打ち砕かれてしまいました……。

とりあえず盗賊たちは逃げられないよう、厳重にロープで縛り上げて、まとめて転がしておきます。あとは村か町についた時、関係機関に連絡すればいいだけです。

その間に大変な目に遭うかもしれませんが、それは仕方ありません。盗賊は誰かのしあわせを踏みにじるような行為を平気でしてきたような人たちです。報いを受けるべきです。何より、捕まればよくて奴隷落ち、死罪になることもあるのですから。

というわけで、盗賊のことはこれでおしまいです。それよりももっと重大な問題に対応しなければいけません。

イズヴェル・ジーニエと名乗った女の子——いえ、魔王に、わたしたちを害する意思がないことをしっかり確認してから、クナントカさんと合流します。そこで改めて話を聞くことになりました。

わたしにべったりとくっついて離れない魔王を見て、クナントカさんは驚いていました。

「その子はあれですか。盗賊に捕まって、手籠《てご》めにされそうだったところをアルアクルさんに助けられて、それで懐いたとか、そんな感じですか？」

「概《おお》ね間違っていない」

魔王は深く考える様子もなく、いい加減な相づちを打ちます。

「全然違います！　適当なことを言わないでください！」

「そのとおり。適当なことを言ったらだめ」

「わたしはあなたに言っているんです！」

「え？」

驚いたような顔で魔王はわたしを見上げました。

「自分は関係ないと思っていたんですか？」

「うん」

「信じられません！」

なんてことをやっている間に、ファクルさんがクナントカさんに説明してくれていました。さすがファクルさんです。ありがとうございます。尊敬します。

「つまり、そのお嬢さんは魔王である、と？」

「ああ」

「でも魔王はアルアクルさんが倒したはずでは？」

「そうです！　わたしは魔王を倒しました！　あの時のわたしはファクルさんの元へ一刻も早く向

かいたかったですけど、それでも手を抜くとか、そういったことはしませんでした！」

「そんなにファクルさんの元へ向かいたかったと？」

クナントカさんが合いの手のように、言わずもがなな質問を挟んできました。

「当たり前じゃないですか！　むしろあの時はファクルさんに会いたくて、会いたくて、その思いを糧にしてがんばっていたと言っても、決して言いすぎじゃないくらいです！」

「——だ、そうですよ、ファクルさん」

「……うるせえ。聞こえてるよ」

「あれ？　どうして顔が赤くなっているんですかね？」

「ぐっ。そ、それはあれだよ！　夕日のせいに決まってるだろ!?」

「まだ夕日には早い時間なんですけどねぇ」

「なら、朝日だ！　それなら文句ねえだろ!?」

「ははは。では、そういうことにしておきましょう」

「おい、クリス。お前、俺をバカにしてるだろ？　なあ!?」

「まさか、そんなわけありません。僕はアルアクルさんを愛していますが、最近はファクルさんを愛玩動物として鑑賞するのも悪くないと思い始めているところでして」

「否定してねえじゃねえか！」

「そこに気づくとは!?」

「気づくに決まってる！」

むぅ。ファクルさんとクナントカさんが楽しそうです。

ファクルさんに思いっきり抱きつきたい衝動に駆られますが、今はぐっと我慢します。わたしに抱きついたままの自称魔王のことをはっきりさせなければいけません。

「あなたは本当にあの魔王なんですか？」

「あなたじゃない、イズはイズ」

「え？」

「ゆーしゃにはイズって呼んで欲しい」

「あ、えーっと」

「イズ」

わたしは困って、ファクルさんたちを見ました。

ファクルさんは苦笑しています。

クナントカさんは……えっと、どう言えばいいのでしょう？

「くぅ～っ、百合百合しい匂いがぷんぷんしますっ！」

あまり関わらない方がよさそうです。

「え、えっと、イズ？」

「っ!!」

わたしがそう呼ぶと、彼女の目がまん丸になって、ほわーっと頬がゆるみました。

「もいっかい！　もいっかい呼んで！」

「イズ」

「もいっかい！」

「イズ」

「もいっかい！」

「イズ」

「もいっかい！　ううん、あともう一〇〇〇回は呼んで欲しい……！」

何でしょう。どこかで聞いたことがある台詞です。

「これ以上はダメです」

「ゆーしゃの意地悪！　けち！」

「意地悪でもケチでもありません！　というか、自分のことは名前で呼ばせておいて、わたしのことは勇者と呼ぶのはどうなんですか？」

「だってイズはゆーしゃの名前を知らない」

……確かに名乗っていませんでした。

「わたしはアルアクルです。アルアクル・カイセルです」

「アルアクル……素敵な名前！」

「ありがとうございます」

「イズはこれからゆーしゃのことをアルアクルって呼ぶ！」

「そうしてください。皆さんもそう呼んでくれますから」

「みんなと一緒？」

「え？　ええ、そうですけど」

「なら、呼ばない」

「どうしてですか？」

「イズだけの呼び方がしたい！」

したい、したい！　とわたしにぐりぐり胸を押しつけてきます。

この子、やっぱり胸が大きいです！　見た目はわたしよりずっと幼いのに！　どうして、つるーんで、ぺたーんじゃないんですか⁉

世の中、理不尽すぎます……！　解せません……！

「アルアって呼んでいい？　それならイズだけの呼び方になる？」

「え、ええ。そうですね」

「なら、そうする！　アルア、好き！」

改めて、がばっ‼　と抱きつかれました。

「……話が盛大に逸れてしまいましたが、イズは本当にあの魔王なんですか？」

「そう。本当にあの魔王」

肯定されてしまいました。

純粋な魔力を高密度で、しかも圧縮して攻撃手段にする存在を、わたしは魔王しか知りません。

そういう意味ではイズの言葉は正しいと思うのですが。

「見た目が違いすぎます！　わたしが倒した魔王は、蛇の体に、獅子、虎、狼、鷲、鷹の頭を持っていて、しかも王城並みに大きかったじゃないですか！」

「あれはその方がいいって言われたから」

「誰にですか？」

「四天王……？」

どうして疑問系なのでしょう？

詳しい話を聞いたところ、魔物の中にはかなり知能の高いものもいて、それらの魔物が四天王を自称して、イズにあれこれ入れ知恵をしていたらしいです。

「魔物にも知能の高いものがいるなんて知りませんでした」

「けっこういるみたいだぞ。師匠に聞いたことがある」

「さすがファクルさん。物知りです！」

「そんなことねえよ」

そう言いながらも、ファクルさんはまんざらでもなさそうです。ファクルさんがうれしいと、わたしもうれしくなります。

ちなみにというのも変ですが、魔王も魔物で、魔物の中でも一際強い個体が魔王として選ばれるとのことでした。確かにイズは、わたしが戦ってきたどの魔物よりも強かったです。

「イズが魔王ということはわかりました。で、こうしてわたしの前に現れたのはどうしてでしょう？」

イズはわたしに会いたかったと言いました。

復讐でしょうか？　あり得ます。勇者と魔王は決して相容《あいい》れない存在ですから。

……思いきり抱きつかれていますけど。

………というか、何か懐かれている感じがしますけど。

と、とにかく、相容れない存在のはずです……！　きっと……!!

「アルアはイズを倒した。つまり、イズより強い」

「そう、なるんですかね？」

「なる」

イズに断言されてしまいました。

「だから、イズはアルアの元に来た。アルアと番《つがい》になるために。これはイズたちの掟。自分より強い者と結ばれ、番となり、子を成して、次代へとつないでいく」

「はぁ……って、ちょっと待ってください。番ってあれですよね……？」

「夫婦とか、そういう意味だよな？」

「ですね」

ファクルさんとクナントカさんの言葉に、わたしの思っていることが間違いではなかったことが証明されました。

「ダメです！　イズと番になれません！　だってイズは女の子で、わたしも女の子ですよ!?」

「……確かに」

「わかってくれましたか？」

「だいじょぶ。がんばればいい。気合いと根性があれば、大抵のことは何とかなる」

「がんばっても、気合いと根性があっても、どうにもできないことがあります！」

「問題ない。いずれ時間が解決してくれる」

「解決できません！」

「アルア、大好き」

わたしがいくらダメです、無理ですと言っても、イズは聞き入れません。

こうしてなし崩し的に、イズという魔王が、わたしたちの旅に同行することになりました。

どうしてこうなってしまったのでしょう……!?

◇◇◇　勇者のワガママ。

ファクルさんと出会ってから、わたしはわたしの知らない自分といっぱい出会うようになりました。自分の中に、こんなにもいろんな自分がいたことに驚いています。

夜になりました。空には二つ、お月様が浮かんでいます。

わたしたちの世界を巡るお月様は十二個あって、一月ごとに一つずつ増えていきます。一番少ない時で一個で、一番多い時で十二個。これをもって一年は十二ヶ月ということになったらしいです。

さて、そんなことはさておきます。今はどうでもいいことだからです。

わたしたちは本当なら今ごろ、村にたどり着いて、食堂で食事をして、宿屋で休んでいるはずでした。

でも、今、わたしたちがいるのは、道からちょっと外れた、木々の間にある、開けた場所です。ここで野営することになりました。盗賊退治をしていたからです。

盗賊は許せません。だから、こんなことになってしまったことに後悔はありません。

テントなどの設置はすでに終わっていて、今はファクルさんとクナントカさんが二人で料理を作っています。

ファクルさんから料理禁止令が出ているわたしは、手伝いたくても手伝えません。ファクルさんが開く食堂の従業員になるわけですし、本当なら手伝いたかったのですが、ぐっと我慢します。

でも、これはこれで、本当のことを言えば、うれしかったりもするのです。

というのも、料理を作っているファクルさんの姿を、時が過ぎるのも忘れて見つめることができるからです！

料理を作っている時のファクルさんは、本当に素敵で、かっこよくて！　惚れ惚れするんです！

材料を刻む時の的確で力強い手の動きは、まるで歴戦の戦士のよう。フライパンやお鍋で調理する時の火の扱い方は、老練な魔法使い。そしてできあがったお料理を食器に盛りつける際の繊細な指先は、ダンジョンなどで罠を解除する時の熟練冒険者。

その時々でいろんな、素敵な表情を見せてくれるファクルさんですが、お料理をしている時、一貫しているのは、その真剣な眼差し。普段は垂れ目で、やさしげな感じですが、その時ばかりはキリリと鋭くなって、本当にかっこいいのです！

わたしはいつものようにファクルさんの姿を見つめようと思いました。

ですが、できませんでした。というのも……。

「アルアー」

イズがわたしに抱きついてきて、ファクルさんに集中できないのです！

ファクルさんを見つめていたいのに、

「アルアー、アルアー」

とちょっと舌っ足らずな声でわたしを呼ぶ姿がなんかかわいくて！　ダメです、いけません、と思っても、つい頭を撫でたくなってしまうのです……！　イズ、恐ろしい子！　さすが魔王……！

こういう状態をクナントカさんが、

『かわいいは正義ですよ……！』

と言っていました。

クナントカさんは変態です。なのに、その気持ちがわかってしまうなんて。そんな自分が恨めしいです。ぐぬぬ――って、そんな葛藤を繰り広げている場合じゃありません！

わたしたちの旅に魔王が同行するのは、やっぱり間違っていると思います。ここはきちんと断るべきです。ガツンと言うしかありません！

わたしがガツンと言おうとした時でした。ファクルさんたちがやってきます。どうやら今日の夕食ができたみたいです。

「今日のメニューはカアレライスーだ」

カアレライスーというのは一見スープみたいなお料理で、何種類も混ぜ合わせた香辛料が特徴なんです。具材はお肉、これはその時々で入れるものが違って、今日はオーク肉。それにオイオンやニジン、あとポタトというほくほくした食感が楽しい根菜が入っています。コメを炊いたゴハンとの相性がぴったりなんですよ。

ちなみにこのゴハンですが、カアレライスーの時はゴハンではなくライスーと呼ぶらしいです。同じ食べものなのに、メニューによって呼び名が変わるって面白いですよね。

ふわりと漂う香辛料のおいしそうな香りに、くぅ～っ、とお腹の音が鳴ります。

ファクルさんとクナントカさんがわたしを見て、うんうんとうなずいています。

「ち、違います！　わたしじゃありません！」

「わかってますよ。そういうことにしておけばいいんですよね？」

「違うって言ってるじゃないですかやめてくださいその自分はわかってるみたいな眼差し」

クナントカさんに対して、わたしは一息で言い切りました。

「くぅ～っ、アルアクルさんに冷めた眼差しを向けられました！　ありがとうございますっ、ありがとうございますっ！」

「クリスの変態さに磨きがかかってるな」

ファクルさんに同意します。

「というか、本当にわたしじゃありませんから！」

「アルアの言うとおり。あの音はイズのもの。すごくいい匂いがして、我慢できなくなった」

「それは当然の反応ですね！」

イズの言葉に、わたしは大きくうなずきます。

「ファクルさんのお料理は本当においしいですからね！　このカアレライスーはわたしも大好きですよ！」

「そんなに？」

「ええ、そんなに、です！」

「おおー」

「……めちゃくちゃ期待されて、ドキドキするが。まあ、食べてみてくれ」

わたしたち、それぞれの前に、お皿に盛られたカアレライスーが並べられました。とろりとろみのついたカアレがライスーをおいしそうに彩っています。

さらに付け合わせに、キャーベッシとオイオン、それにシャキシャキした歯ごたえが気持ちいいレスタというキャーベッシに似た野菜のサラダ（クナントカさん作）もあります。

「じゃあ、食べるか」

というわけで、いただきます！

スプーンでカアレライスーをすくいます。ファクルさん曰く、最初にカアレとライスーをすべて混ぜて食べる人もいるとのことですが、わたしは混ぜない派です。その方が口の中に入れた時、カアレとライスーの味をちゃんと堪能できる気がするんです。

スプーンですくったカアレライスーを頬ばります。その瞬間、香辛料の複雑な香りが口いっぱいに広がって、

「ん〜っ！　カアレライスー、おいしいですっ！　さすがファクルさんです！」

「ありがとな、アルアクル」

「本当のことですから！」

「確かにアルアクルさんの言うとおりですよ！　これはおいしい！　いや、おいしすぎます！　ファクルさんが開く食堂が、僕も楽しみになってきました。商人として、しっかりお手伝いさせていただきますよ！」

クナントカさんもべた褒めです。

いえ、クナントカさんだけじゃありません。イズもです。言葉こそありませんが、一心不乱にカアレライスーを貪《むさぼ》る姿は、カアレライスーがどれだけおいしいかを如実に物語っていました。

「そこのおやじ、お代わり」

そしてあっという間に空になったお皿を、ファクルさんに差し出します。

「イズ、そこのおやじじゃありません。ファクルさんです」

「おやじはおやじで充分」

「ダメです！　絶対に許しません！」

「……何かこのおやじのこと、特別な感じ？」

ほっぺたにゴハン、いえ、ライスーを一粒つけたイズがわたしを見ます。かわいい――じゃありません。

「このおやじ、アルアの何？」

「わたしの……？」

ファクルさんを見ます。

わたしにとってファクルさんは……。

「とても大事な」

「大事な？」

「ご主人様です！」

「ぶほぁっ⁉　ちょ、あ、アルアクル、いったいにゃにを、にゃにを言って……⁉」

ファクルさんが顔を真っ赤にして慌てています。そして噛み噛みです。か、かわいすぎますっ！

わたし、そんな変なことを言ったでしょうか？　これでもちゃんと考えたのです。

「わたしはファクルさんが開く食堂で働く予定の従業員です」

「そうだな」

「そしてファクルさんは食堂の主人です」

「そのとおりだ」

「つまり、従業員であるわたしから見れば、ファクルさんはご主人様になるわけです！　どうです？　完璧な理論だと思いませんかっ⁉」

「思わねえよ！　何だよそれ！　……あー、そうだ。アルアクルは微妙にポンコツだったんだ」

「あ、あれ⁉　ファクルさん、どうしてそんな残念なものを見る目でわたしを見るんですか⁉」

ぽんぽんと頭を撫でられました。喜びませんよ？　絶対に喜ばないんですからね⁉　……えへへ。

ファクルさんをおやじ呼ばわりするのは絶対に許しませんと強く言うと、イズは大人しく名前で呼ぶようになりました。

わたしとしては『さん付け』して欲しいところでしたが、ファクルさんがかまわないというので。

「よろしくな、イズヴェル」

「……よろしくな、ファクル」

ファクルさんに対する敬意がまったく足りていません！

でも、ファクルさんは笑っています。イズの態度をまったく気にしていない感じです。それどころか、普通に受け入れています。

だってほら、イズにカアレライスーのお代わりを渡しています。その顔はとってもうれしそうでした。


食事を終え、後片づけも終わりました。

あとは寝るだけです。というか、イズはすでに寝ています。大の字になって。

お腹がいっぱいになった直後のことでした。バタンと気を失うみたいに、眠りに落ちたのです。

クナントカさんもさっきまで起きていましたが、今は眠っています。

起きているのは、わたしとファクルさんの二人だけです。

パチパチと、囲んでいる火が弾ける音がします。

「なあ、アルアクル」

「何でしょう？」

「イズヴェルが旅についてくるの、そんなに嫌か？」

「え？」

「飯の前、イズヴェルに言おうとしてただろ」

「…………………………どうしてわかったんですか」

「アルアクルとの付き合いも長いからな。何となく、な」

「……ファクルさんは何でもお見通しですね」

すごいです、ファクルさん。

「……別に、イズが嫌いだとか、そういうのじゃないんです」

イズはかわいいです。抱きついて、懐いてくる感じは小動物を思わせて、ついつい撫で撫でしたくなります。

「でも——クナントカさんがいて、イズまで増えると」

「増えると？」

「わたしがファクルさんを独り占めできません……！　それが嫌だったんです……!!」

い、言ってしまいました。

そうです。これはわたしのワガママです。

孤児院でも、わたしより年下の子たちが、お気に入りのオモチャやおやつを独り占めしようとしていたことがありました。そんな時わたしは言ったのです。お兄ちゃん、お姉ちゃんなんだから、独り占めしないで、みんなで分けないとダメです、と。

なのに、今のわたしは、あの時の子たちと同じです。ファクルさんを独り占めしたいと、ワガママを言っています。

「それに、ファクルさんの作ったお料理を一番たくさん食べるのは、いつだってわたしでいたいんです！」

今日のカアレライスーは、イズがたくさん食べてしまいました。よっぽど気に入ったんだと思います。

当然です。ファクルさんが作ったんですから。

誇らしい気持ちもあって、イズに譲りました。

でも本当は嫌でした。わたしが多く食べたかったのです。だってファクルさんのお料理なんですよ!?

「そ、そうだったのか」

「そうです。わたし、ワガママですよね……」

もしかしたら嫌われてしまったでしょうか？

ファクルさんに嫌われたら……嫌われ、たら…………………。

「な、何で泣く⁉」

「泣いでばぜん！」

「泣いてるだろ⁉　ああ、もう！　泣くなって！」

ファクルさんがハンカチを差し出してくれます。

わたしはそれを受け取ると、顔に押しつけました。

ハンカチはファクルさんの匂いがしました。わたしの大好きな匂いです。

「嫌わねえよ」

ファクルさんが言いました。

「……本当ですか？」

聞き間違いだとは思いません。

でも、確かめずにはいられませんでした。

「ああ。そんなことぐらいで、嫌うわけがねえ。というか、それぐらいのことをワガママとは言わねえし…………むしろうれしいというか、もっとそういうことを言って欲しいというか」

「あの、ファクルさん。最後の方、よく聞こえなかったんですけど」

ごにょごにょと何か呟いているのは聞こえたのですが。

「と、とにかく、嫌わねえから、気にするなってことだよ！」

頭を撫でられました。

「はい！」

「いい返事のアルアクルにはご褒美をあげなきゃな」

「ご褒美ですか？」

「これだよ」

ファクルさんがアイテムボックスからど～ーなつを取り出しました。

「その、なんだ。俺の料理を一番多く食べたいんだろ？　これはほら、イズヴェルもまだ食べたことがないし。アルアクルが一番多く食べてるぞ」

ファクルさんが照れたように笑います。

胸の奥からうれしさがこみ上げてきて、気がつけばわたしはファクルさんに抱きついていました。

「ファクルさん、大好きです……！」

「そ、それはあれだよな？　親父とかお袋とかと同じ感じの好きだよな？」

ファクルさんが聞いてきます。

同じですと答えようとしましたが、何だか同じじゃないような気もして……。

でも今は、それを言葉にしたくありませんでした。何となく、なんですけど。

言葉にしないまま、自分の中にだけ、隠しておきたい感じです。

だから、言いました。

「秘密、ですっ！」

ファクルさんは驚いたような、困ったような顔をしてから、静かに笑って、

「そうか」

とやさしい声で呟きました。

◇◇◇ 勇者から分泌されているものがあるらしい。

いつも自分がしていることを、誰かにしてもらった時、人はどう感じるものなのでしょう？
ある一言がきっかけになって、わたしは行動を起こしました。それがまさか、わたしにあんな変化をもたらすなんて。わたしはまったく想像もしていなかったのです。

今日も朝からファクルさん作のおいしいご飯を食べたあと、諸々後片づけを終えて、朝の気持ちいい風を背中に受けながら村へと向かっているわけですが……。

「アルア、好き」

わたしはイズに抱きつかれていました。

「イズ、ところ構わず抱きつくのはダメです」

「それはできない相談」

まさかの全否定です⁉

「イズはアルアが好き。だからこうして抱きつくことで」

「抱きつくことで？」

「アルア分を補給している」

「……アルア分、ですか？」

「そう」

聞き間違いかとも思ったのですが、普通に肯定されてしまいましたね……。

「それって何ですか？」

「主にアルアから分泌されているもの。それを吸収するとしあわせな気持ちになれる」

な、何ということでしょう⁉　まさかわたしからそんなものが分泌されているとは……！

「そんなにしあわせな気持ちになれるんですか？」

「なれる」

即答です⁉

「絶対になれる」

しかも絶対とまで言い切られてしまいました⁉

「すっごくしあわせ」

とろんと、とろけた表情でイズが言います。ごくり。そんなにしあわせになれるんですか……。

わたしは少しの間考えました。

それから、イズに離れてもらいます。

イズは「やだ」「だめ」と抵抗しましたが、やりたいことがあるので譲れません。

最終的には、後で好きなだけ抱きついてもいいということで決着しました。

「……あれ？　何だかとんでもない約束を交わしてしまったような気がするんですけど」

「だいじょぶ。考えたら負け。わかった？」

「あ、はい」

イズに強く言われて、わたしはうなずきます。

「ちょ、アルアクルさん、最小限の譲歩で最大限の成果を引き出されてますよ！　ちょろすぎませんかね!?　かわいいです！」

「褒めてるのか貶《けな》してるのかわからねえぞ、おい」

駅者のクナントカさんとファクルさんが何か呟いていました。気になりますが、それよりも今は、優先すべきことがあります。

わたしはファクルさんに言いました。

「ファクルさん、今のイズの話、聞いていましたか？」

「ん？　おう、聞いてたぞ」

「僕も聞いていましたよ！」

「クナントカさんには聞いてませんよ？」

「僕だけのけ者ですか!?　くぅっ、最高です！　アルアクルさん、結婚してください！　そして毎日罵《のの》ってください……！」

「え……？　あの、ごめんなさい。その、本当に無理です……」

「いつもより心のこもったお断りをいただきました～っ！　ありがとうございますっ！」

「クリスがどんどん高度な変態になっているんだが……」

「そんなに褒められても、金貨しか出せませんよ？」

「褒めてねえし、本当に金貨を出すんじゃない！」

わたしとしてはクナントカさんがどれだけ変態になろうとどうでもいいのですが、ファクルさんとクナントカさんがどんどん仲良くなっているような気がするのは、ちょっといただけません。

わたしはふたりの間に割って入るように、話を続けました。

「あの、わたしからしあわせな気持ちになれるものが分泌されているという話なんですけど……ファクルさん！」

「おう、何だ？」

「わたしを思いっきり抱きしめてください！」

ファクルさんに向かって、大きく腕を広げました。

「ぶっ⁉　ちょ、おい、アルアクル⁉　い、いきなり何を言って……⁉」

ファクルさんが慌て始めました。

「落ち着いてください、ファクルさん。そういう時は深呼吸です！」

「そ、そうだな！　深呼吸だ！　いくぞ⁉　ひっひっふー。ひっひっふー……」

「何だかずいぶんと変な深呼吸ですね？」

「師匠直伝でな。これをやると、どんなに慌てふためくような状況になっても落ち着くことができるんだ。ただ、俺がこれをやってると師匠が爆笑するんだよ。何でなんだろうなぁ……」

「何ででしょうね……」

ファクルさんが遠い目をするので、わたしもしてみました。

「何でアルアクルまで遠い目を？」

「ファクルさんと同じことがしたかっただけで、特に深い意味はありません」

「そ、そうか」

落ち着いたはずのファクルさんが、また若干慌てた感じになりました。どうしてでしょう？

「と、とにかくあれだ。アルアクル。何だって俺がアルアクルを、だ、抱きしめるって話になったんだ？」

「ファクルさんに、しあわせな気分になって欲しかったからです！」

ファクルさんにはいつもおいしいご飯を作ってもらっていますし、他にも魔物と対峙した時の心得など、いっぱいいっぱい、お世話になっています。そんなファクルさんに、少しでも恩返ししたいんです。

わたしは自分が思っていることを正直に語りました。

「だからファクルさん、思いっきり抱きしめてください！　そしてわたしから分泌されているしあわせになれる成分を、思う存分堪能してください！」

わたしは、「さあどうぞ！」とファクルさんに向かって、両手を広げます。

「……アルアクルがここまで言ってくれたんだ、ここで行かなきゃ男が廃《すた》るだろ!?」

ファクルさんが小さな声で何かを呟き、

「い、行くぞ!?」

と、裏声で言いました。

「はい、どうぞ！」

わたしは、どーんと構えたまま、ファクルさんを待ち構えます。

ファクルさんとクナントカさんのふたりが妙に仲がよかったりする時とか、普段からファクルさんに抱きついているわたしです。だから、いつもと逆になるだけだと、単純にそう思っていました。

でも、違いました。まったく違ったのです。

わたしを包み込む大きなぬくもり。大好きなファクルさんの匂い。

「どうだ。苦しくないか？」

すぐ近くから聞こえてくる、低い声。

とくん、とくんと……響いてくる、ファクルさんの鼓動の音。

これは大変です……危険が危ないです！

わたしの胸がドキドキしてきて、どうにかなっていまいそうです！

「アルアクル、大丈夫か？」

「ふぇっ!?　だ、だいじょうぶれしゅよ！」

「れしゅ？」

何と言うことでしょう。噛んでしまいました。

今のわたしは、間違いなく真っ赤になっているでしょう。ただでさえ、大好きなファクルさんに抱きしめられ、自分でも大変なことになっていると自覚できる状況なのに……！

ファクルさんにそんなわたしを見られたくなくて、わたしはファクルさんの胸元に、自分の顔を押しつけました。

「お、おい、アルアクル？」

「こ、これはあれです！　ファクルさんにもっとしあわせになってもらいたくて……！　それでこうしているんです！　それ以上の意味はありません！」

「そ、そうか。うん、わかった」

「ほ、本当ですからね!?」

「わかったよ。大丈夫だ。変な勘違いはしないから」

「な、なら、いいんですけど」

全然よくありません。心臓が止まりそうです。普段、ファクルさんに抱きついている時には感じないドキドキです。

「あの、ファクルさん……しあわせな気分になれましたか？」

「ああ、なってるぞ。すごいなってる」

「そうですか……」

「？　どうかしたのか？」

「いえ、何でもありません」

「何でもないって感じじゃないだろ、それ。どうしたんだよ、言えよアルアクル」

「……怒りませんか？」

「ああ。怒らない」

わたしはファクルさんに抱きしめられたまま、ぽしょぽしょと呟きました。

「……ファクルさんにしあわせになって欲しくて、だから抱きしめてくださいってお願いしたのに。ファクルさんに抱きしめられて、ファクルさんをこんなにも近くで感じられて、わたしの方がしあわせな気分になってしまったんじゃないかって思って。……やっぱり怒りましたよね？」

「言っただろ、怒らないって。てか、怒るわけがない」

「どうしてですか？」

「だって、俺の方がしあわせな気持ちだからだ」

「そんなことありません！　わたしの方がずっとしあわせな気持ちです！」

「いや、俺の方がしあわせだ」

「違います！　わたしです！」

「いいや、俺だって。いいか？　こんな俺に抱きしめられて、しあわせだって言ってもらえたんだぞ？　どう考えても俺の方がしあわせだろ。俺は世界で一番のしあわせものだ」

「ファクルさんはこんな人じゃありません！　すごい人です！　とってもすごい人です！　わたし知ってます！」

「ありがとな、アルアクル」

「お礼なんていりません！　だって本当のことを言っただけですから！」

「そっか」

「そうです！」

ファクルさんに抱きしめられたまま、わたしは頭を撫でられました。これもいつもと全然違う感覚です！　ふわぁ～って、なります。ふわぁ～って。

本当に……本当にしあわせです！

わたしの体、隅から隅まで、ファクルさんのおかげで、しあわせで満たされていきます。いえ、しあわせという言葉だけじゃ、言い表せません！　この気持ちはしあわせ以上にすごいものです！

「アルアクルさん、ファクルさん。ふたりの世界に突入しているところ恐縮ですが、村に着きますよ」

クナントカさんに言われて、わたしとファクルさんはここがどこかを思い出しました。

「お、俺たち、馬車の中でいったい何をしてたんだ⁉」

ファクルさんが慌ててわたしを離します。わたしも同じように、慌ててファクルさんから離れました。

ふたりの間に距離が生まれたことを、ちょっとだけ寂しいと思ってしまいました。

そんな思いを胸に抱いていると、イズがわたしに抱きついてきます。

「アルアとファクル、いい雰囲気だった」

「え、そうですか？」

「アルア、うれしそう」

ゆるんでる、とイズに頬をつねられました。痛いです。まったくそんな自覚はなかったのですが。

でも、そうですか。うれしそう、ですか。……えへへ。

「むぅ。アルアはイズの嫁。ファクルにはやらない」

「イズ、何を言ってるんですか？」

「もしかして自覚してない？」

「何をです？」

「本当に自覚していない、だと……!?」

イズが驚愕しています。眠たげな瞳をわずかに見開いて。……あれ？　本当に驚いているんでしょうか？　見開き具合がちょっと中途半端すぎませんか？

とにかく、何だかよくわかりませんが、ファクルさんにはしあわせな気持ちになってもらいましたし、わたしもしあわせな気持ちになれました。

以前、ファクルさんに、お互いにいい感じの状況になることを指して『うぃんうぃん』と言うのだと教えてもらいました。まさに今のこの感じがそうではないでしょうか。

なら……また、ファクルさんに抱きしめてもらうのはどうでしょう？　だ、だってですよ？　そうしたらファクルさんはしあわせになって、わたしもしあわせになれるじゃないですか。

これは、わたしのワガママ、じゃないですよね？　ちゃんと『うぃんうぃん』ですものね？　いい、ですよね？

そんなふうに思う自分に、わたしはちょっと驚きました。

どうでもいい話ですが、『うぃんうぃん』ってゴーレムとかが動く時の音に似てますよね。ゴーレムと何か関係しているのでしょうか？

◇◇◇　変態の義憤、魔王の憤怒、そしておっさん無双。

今日は皆さんに自慢したいことがあります。自分では何とも思っていない――こともないのですが。とにかく、自分のことを悪く言われた時、自分の代わりに悲しんで、怒ってくれる……。そんな人がいるって、すごくしあわせなことですよね！

山の裾野に位置する村に着きました。

派手な建物があるわけでもなく、素朴な感じです。大きな町だと門番の方がいて検分されたりするわけですが、この程度の規模の村だとそういうこともなく、出入りは自由です。

わたしが村の様子をじっと見ていることに気づいたのでしょう。

「どうした、アルアクル？」

ファクルさんが話しかけてくれました。

わたしはこの村が、孤児院のあった村に似ていることを話しました。

院長先生や、一緒に育ったみんなは元気でしょうか？

「会いたいか？」

「そうですね。会いたくないと言ったら、嘘になりますね」

「だったら行くか？　アルアクルが育ったところ」

「え、でも、遠いですよ？」

　ファクルさんが向かっている場所と、わたしが育った村とは、正反対の位置にあります。ここからだと馬車を使って一ヶ月くらいはかかるのではないでしょうか。

「確かに遠いが、魔王退治の旅に出てから、一度も戻ってないんだろ？　なら、顔を見せたら、みんな喜んでくれるんじゃないか？」

「それは……そう思いますけど」

「けど？」

「ファクルさんの食堂を開くという夢が遠くなるじゃないですか。そんなのダメです！　よくないです！」

「俺の夢は逃げないから大丈夫だ」

「それを言うなら、わたしの村も逃げません！」

「いや、案外、逃げるかもしれないぞ？」

「え、本当ですか!?」

　村が逃げるって、どういう感じなのでしょう!?　とても気になります！

「嘘だよ。冗談だ」

「なっ!?　ひどいです、ファクルさん！　わたし、村が逃げるってどんな感じかすごく気になったのに……！」

　ぽかぽかとファクルさんの腕を叩きます。

　そんなわたしたちを見て、クナントカさんとイズが何か喋っています。

「くっ、アルアとファクルがいちゃついている！　早く何とかしないと！」

「甘いですね、イズヴェルさん。あれはあのふたりにとって通常運転というか、いちゃついてるつもりはないと思いますよ？　アルアクルさん研究の第一人者である僕にはわかります！」

「なん、だと……!?」

　よく聞こえませんが、聞こえなくてもいいような気もします。

　というわけで、気にしないことにしました。

「まあ、そういうわけだからアルアクル。村に行こう」

　自分の夢が叶うのが遠くなるのに、それでもそんなふうに言ってくれるファクルさん。

　魔王退治の旅をしていた時もそうです。いつだってどんな時だって、ファクルさんはわたしのことを気遣ってくれていました。時には、わたし自身が気づかない体調不良に気づいてくれたこともあります。どうでもいいことですが、王子様たちは一度として気づいたことはないです。何かにつけて、わたしにまとわりついていましたけど。

「本当にやさしすぎます、ファクルさん」

「ん？　何か言ったか？」

「えへへ、何も言ってません！」

「そうか？」

「はいっ！」

「俺は特別やさしいってことはないぞ？」

「そうですか？　そんなことないと思いますけど……って、聞こえてるじゃないですか⁉」

「偶然な」

「ちょっとかっこつけて言ってもダメです！」

「ダメか。アルアクルは厳しいな」

「聞こえないふりをしたファクルさんがいけないんです！　だから、わたしの言うことに従ってもらいます！　ふっふっふ」

「その笑い方、何を言われるか怖いな」

「じゃあ、言いますよ？　よーく聞いてくださいね？」

深呼吸をして、わたしは言います。

「村には行かなくていいです！」

「え、けど」

「言ったはずです、わたしの言うことに従ってもらいますって。……確かにみんなに会えないのは寂しいですし、会いたい気持ちもありますけど……でも、それより今は、ファクルさんの夢をお手伝いしたいんです！」

「……まったく。本当にやさしいのはどっちだよ」

「え、何か言いましたか？　ファクルさん」

「別に、何も言ってねえよ」

「そうですか？　でも、わたしはやっぱりファクルさんの方がやさしいと思います！」

「聞こえてるじゃねえか！」

ファクルさんが笑いながら、わたしの頭を撫でてくれます。

えへへ、さっきのお返しです！　なんてことを思っていたら、またクナントカさんとイズが話しています。

「クナントカ、お前の目は節穴？　あれでいちゃいちゃしてない？」

「ええ、していません。あれがふたりにとって平常運転です」

「恐ろしすぎる……」

イズが何やら驚愕していました。何かあったのでしょうか？


まずは今夜の宿を決めようと思ったのですが、わたしたちが向かったのは食堂でした。

だ、だって仕方ないじゃないですかっ！　通りまでものすごくいい匂いが漂っていたんですから！　お腹が鳴ってしまうのは、誰にでもあることだと思います！

わたしがそう力説すると、ファクルさんたちは「あー、まあ、そうだな」「ある」「よくあります！」と笑顔で肯定してくれましたけど……。微妙にいつもと笑顔の質が違う気がしました。何となく釈然としません……！

それに、こんなにいい匂いがするなら、ファクルさんが開く食堂の参考になると思うのです！

と、とってつけた理由じゃないですからね⁉　本当ですよ！

さて、いい匂いのする食堂は、人でごった返していました。かわいらしい女性の給仕さんが、入ってきたわたしたちを見て、ちょうど空いていた席に案内してくれます。

そして席に着いたわたしたちは、おすすめのものを四人前お願いしました。

「来るのが楽しみですね！」

「だな」

ほくほく笑顔で待つことしばし。いい匂いのするお料理が運ばれてきました。

「これはお肉を焼いたものですか？」

誰に聞くともなく呟いたクナントカさんに、すかさずファクルさんが答えます。

「火炎熊《ファイヤーベア》のステーキだな」

火炎熊というのは、その名の通り、炎をまとった大きな熊のことです。

「ファクル、食べてもないのにどうしてわかる？」

「ファクルさんがすごいからですよ！」

「アルア、それ説明になってない」

そうでしょうか。そんなことないと思うんですけど。

「下処理されているからわかりにくいが、この力強い香りは間違いない。で、その上にかかっているこのソースはトッマートゥを使っているみたいだな。火炎熊にトッマートゥの酸味は相性が抜群だ」

ファクルさんの説明を聞きながら、さっそくいただくことにしました。

ナイフとフォークでトッマートゥを使ったソースがかかっているお肉を切り分けます。

口の中に入れた瞬間、おいしさが爆発しました。

「こ、これは……!?」

「おいしいですね！」

「美味」

わたし、クナントカさん、イズが目を丸くして感嘆します。

ファクルさんを見れば――あれ？　どうしたのでしょうか。お肉を咀嚼《そしゃく》しながら、何か難しそうな表情をしています。さらにもう一口食べて、やっぱり同じ表情。

「ファクルさん、どうかしましたか？」

「え？　あ、ああ、いや。別に何でもない。マジでうまいな、これ」

難しい表情から一転、笑顔でファクルさんも褒めています。その姿に、わたしはちょっと悔しくなりました。

「わ、わたしはファクルさんのお料理の方がおいしいと思います！」

ファクルさんは驚いたような顔をしてから、照れくさそうに鼻の頭を掻いて、

「そっか。ありがとな」

と言いました。

ファクルさんに喜んでもらえたでしょうか？　だとしたら、うれしいです！

それからも、かわいらしい女性の給仕さんに、おすすめの料理を持ってきてもらいました。

そのどれもが本当においしくて――あ、いえ、ファクルさんのお料理の方がもっとずっとおいしいんですけど！

とにかく、わたしたちはお料理を堪能しました。

お腹がいっぱいになったところで、お店を見回す余裕も出てきました。

この食堂……給仕の方が皆さん女の人で、しかもかわいい人ばかりですね。どういうことでしょう？

そんなことを思っていたら、若い男の人が近づいてきました。料理をする人が厨房で着る服を着ています。ファクルさんが言うにはコックコートというらしいです。

その人はわたしたちのテーブルまでやってくると、

「俺の作った料理、うまいうまいって言いながらめちゃくちゃ食ってくれたかわいい子がいるってうちの店員に聞いたんだが、あんただな？」

わたしに向かってそう言いました。

「え、えっと」

わたしが戸惑っていると、ファクルさんが小声で言いました。

「自分が作った料理をうまいと言って食べてくれるのは、料理人にとってこれ以上ない喜びだからな。礼でも言いに来たんじゃないか？」

なるほど。そういうことがあるんですね。勉強になります。

「話に聞いた以上のかわいさだな……」

店長兼料理人と思われる男性は、わたしのことを無遠慮に眺め回すと、

「よし、決めた！　あんた、俺の女になれ！」

そんなことを言い出しました。


この人は何を言っているのでしょう？

「ちょっと君！　何を言ってるんですか！　アルアクルさんは僕と結婚を――」

「へぇ。あんた、アルアクルって言うのか。かわいい名前じゃん。ますます気に入った」

そんなことを言う男性の周りにいたお客さんたちが、またこいつの悪い癖が始まったとか言い出します。

聞こえてきた話から推察すると、どうやらこの男性は無類のかわいい女性好きらしく、このお店で働いている女の人たちは、みんなこの男性の彼女さんらしいです。

「俺は王都の有名料理店で料理長を務めていたほどの腕前の持ち主だ。それに顔も悪くない。いや、むしろイケてる。イケメンだ。あんたも、こんな俺の下で働けるなんて、しあわせものだな」

などと、男性が好き勝手なことを述べています。

わたしがそのほとんどを聞き流していると、クナントカさんが聞いてきました。

「あの、アルアクルさん。どうして僕の時みたいに『お断りします』って言わないんですか？」

ファクルさんも気になるようで、うなずいています。

「そんなの決まっています。その価値すらないからです」

「価値が……ない？」

「ええ、そうです。だってあんな戯言、いちいち相手にしていてもしょうがないじゃないですか」

「え、えっと、つまり……僕の結婚してくださいにいつも『お断りします』って言ってくれるのは、それだけの価値が僕にあるってことですね⁉」

言われてみれば、そうなりますね。

「ありがとうございますっ！　これからがんばって『お断りします』って言ってもらえるように、結婚を申し込み続けますっ！」

クナントカさんが涙を流して感動し始めました。

「おいクリス、手段と目的が逆になってることに気づけ！」

「ファクルさん、細かいことは気にしたらだめなんですよ？　知らないんですか？」

「なんで俺がクリスに諭される側なんだよ！　違うだろ⁉　間違ってるだろ⁉」

なんてやりとりをしていたら、このお店の主人である男性が、

「ふ、ふ、ふ、ふ、ふ……」

「何か笑い出した。気持ち悪い」

イズの言葉に激しく同意です。

「違う！　ふざけるなって言おうとしたんだ！」

男性が顔を真っ赤にして怒り出しました。

「相手する価値すらないだと⁉」

「……何だか面倒くさいことになりそう」

「イズ、本当のことは時として人を傷つけるんですよ？」

「アルアクルも言ってるぞ」

ファクルさんの指摘に、わたしは「あっ」となりました。不可抗力です。わたしは悪くありません！　……というのは嘘です。ごめんなさい。

「ここまで馬鹿にされたのは初めてだっ！　もういいっ！　この俺の女にしてやろうと思ったが、よく見たらブサイク――いや、超？　いやいや超、超、超ブサイクだったし！　お前みたいな女、こっちから願い下げだっ！」

男性はそう言うと、立ち去ろうとしました。

ついさっきまでおいしいと思っていたお料理の味が、その瞬間、とてつもなくマズイものに成り下がりました。わたしが感じたのはそれだけです。この男性に、何か思うところはありません。

というか、本当にどうでもいいです。だけど――。

「ちょっと待ってください！　その発言、撤回してください！」

クナントカさんが立ち上がりました。

「アルアがブサイクとか、お前の目は節穴。なら、そんな目はいらない。イズがもらう」

イズが本気の殺気を放ちます。

魔王の殺気です。当然、ここにいる人たちが耐えられるわけもなく、気を失います。

バタバタと倒れる従業員さんやお客さんたち。無事なのはわたしと、ファクルさん、それにクナントカさん。

ファクルさんが無事なのは当然ですが、クナントカさんも大丈夫だったのは驚きです。

「ぼぼぼぼ僕もそれなりに修羅場をくぐり抜けてきていますからねねねねね！」

なるほど。でも、声と体が震えていますね。指摘はしません。それはダメだと思ったからです。

あと、意外なところでこの店長らしき男性も無事でした。こう見えてクナントカさんと同じように修羅場を経験してきたということなのでしょうか。

「アルアを侮辱した。そう簡単に殺すわけがない。そんなの生ぬるい」

あ、なるほど。彼が気を失わなかったのはイズの配慮だったわけですね。

「では、死ね。アルアを侮辱したことを後悔しながら」

「ひぃぃぃぃぃぃぃぃぃっ!?」

男性が情けない悲鳴を上げた時でした。

「待て、イズヴェル」

「……ファクル、なぜ止める？　アルアが侮辱された。悔しくない？」

「は、悔しいに決まってるだろ？　はらわたが煮えくりかえってるよ。いいか、アルアクルは俺の大事な――!!」

「大事な……？」

気になる発言にわたしが思わず声を出すと、ファクルさんが「あ、やべ」みたいな顔をしました。

「あの、ファクルさん。わたしはファクルさんの大事な何なのですか？」

「そ、それは、その、あれだ！」

「あれ？」

「え、えっと、ほら！　俺の夢の食堂を手伝ってくれる、大事な従業員……そう、そういうことだよ！」

「はい！　わたし、がんばってお手伝いします、ご主人様！」

「その呼び方は勘弁してくれ！　――って違う！　こんなことやってる時じゃねえ！」

興奮したわたしは、ファクルさんに頭をぽんぽんと撫でられ「落ち着け」と言われました。

落ち着けるわけがありません！　だって大事な従業員って言ってもらえたんですよ!?　興奮しまくりです！

でも、ファクルさんが「いいから」と言うので、がんばって落ち着きます！　ふんす……！

「お前、王都の有名料理店の料理長を務めてたって言ったけど、嘘だな」

「は、はぁ!?　何を言って――」

「お前の作った料理は確かにうまかった。けど、最初に出てきた火炎熊のトッマートゥソースのステーキ。ほんの少しだったが、火炎熊独特の臭みを感じた。それは肉の下処理が完璧じゃなかったからだ。お前がもし本当に料理長を務めていたのなら、こんな失敗を犯したりはしないはずだ」

「ぐっ！」

「それに、次の料理では——」

ファクルさんによる怒濤のダメ出しが始まりました。

ファクルさんが告げた言葉に思い当たる節があるのでしょう。店主の男性はいちいち、「ぐはっ」とか、「ぬぐっ」とか、「ぬはぁ……っ！」とか、悲鳴を上げていました。

「剣や魔法ではなく、言葉による波状攻撃とは……！」

「ファクルのダメ出し無双」

クナントカさん、イズの言うとおりです。

と、ファクルさんが立ち上がりました。

「ちょっと厨房を借りるぞ。あとお前が使った食材も」

「何をするつもりだ!?」

店主の男性が慌てます。

「本物の料理とはどういうものか教えてくれるんですよ！　ね、ファクルさん？」

わたしの言葉に、ファクルさんが苦笑しながらうなずきました。

「まあ、本物かどうかはさておき、言葉だけじゃお前も納得できないだろ。だから見せてやるよ」

厨房に立ったファクルさんは真剣な眼差しで厨房の設備と残っている食材の確認を済ませると、手を綺麗に洗ってから、さっそく調理に取りかかりました。

火炎熊のお肉はとても綺麗な赤身で、まな板の上に載せられたそれを、先の尖った、ファクルさんが普段装備している刀に似た、鋭い感じの包丁で厚めに切り分けていきます。

切り分けた後は表と裏に、塩とスパイスを振りかけ、

「あとはこの肉を燻製《くんせい》にしていく」

ファクルさんのその言葉に反応したのはクナントカさんでした。

「臭みの処理はどうするのかと思っていましたが……なるほど！　その手がありましたか……！」

どういうことでしょう？　クナントカさんに、わたしは説明を求めました。

「アルアクルさん、燻製はご存じですよね？」

「お肉の携帯食がそうでしたよね」

「ええ、そうです。食材は燻製することで保存性が高まるんです。そのため、魔力量が少なくて生活魔法であるアイテムボックスの容量が小さく、アイテムボックス内の時間を止めることができないような人にとって、肉を携帯する必要がある時は燻製肉を用意したりするんです」

魔物や獣を倒して、現地調達することも可能ですが、どこにでもいるわけではないですからね。

「なるほど。でも、クナントカさん、どうしてそんなに詳しいんですか？」

「こう見えて、僕、商家の跡取り息子ですから！」

「そ、そうだったんですね……。わたし、まったく知りませんでした」

衝撃の新事実です。

「アルアクルさんに僕の素性が忘れられている⁉　何てことだ、今までにない最高のご褒美じゃないか！　ありがとうございます……！」

「アルアによって、変態のレベルが上がってしまった。アルアは罪作り。大好き」

そこで大好きというイズの感覚がわたしにはよくわかりません。でも、わたしにぎゅーっと抱きついてくるイズはとてもかわいいです。

「まあ、僕の素性はどうでもいい話なので忘れてください」

「はい、忘れました」

「即答で!? 僕をこれ以上興奮させないでくださいよ、アルアクルさん！」

「勝手に興奮しないでください」

「それは無理な相談です！」

何てことでしょう。言い切られてしまいました。悔しいです。

「って、燻製の話でしたよね。実は燻製は保存性を高めると同時に、独特な風味をつける行為でもあるんです」

つまり、とクナントカさんが続けます。

「その独特な風味でもって、火炎熊特有の臭みを取り除こうとしているわけですよ、ファクルさんは！」

なるほど。そうだったんですね。

ファクルさんを見れば、下処理を終えた火炎熊のお肉を燻製にする作業に取りかかっていました。

竈に大きなお鍋を置いて、さらにそのお鍋の中に細かく砕いた木片を入れた小さな金属製のお皿を置きます。竈に火をつけると、少しずつですが煙が立ち上り始めました。

「いい感じだ。それじゃあ、あとはこれを入れて……」

火炎熊のお肉が載った網を入れて、直接火にかけたお鍋がきっちり閉まる大きさの蓋をします。

作業の迷惑になると思いながらもファクルさんに話を聞けば、嫌な顔をひとつせず、いろいろ教えてくれました。

今回の燻製にはチェリの木を使うそうです。チェリというのは春になると淡紅色の花を咲かせるのが特徴で、風に舞う花びらがとても美しいのです。そのチェリの木で燻製にすると強い香りがつくらしく、癖のある食材にはもってこいなんだとか。

そして今回は燻製肉を作るのが目的ではないとも言われました。ある程度香りがついた段階で燻製作業を終えて、最後はステェーキとして調理するというのです。

「ははあ、ファクルさん。そういうことですか」

わたしとファクルさんの会話を聞いていたクナントカさんがしたり顔でうなずきます。

「何が『そういうこと』なんですか？」

「僕たちが食べた料理はなんでした？」

「火炎熊のステェーキです」

「そうです。ファクルさんはあえて同じ料理を作ることで、店主のプライドを粉微塵に、それはもう徹底的に打ち砕くわけですよ！」

「いいぞ、ファクル。もっとやれ」

クナントカさんの言葉を受けて、イズがファクルさんに檄《げき》を飛ばしました。

「何言ってるんだよ、お前たち。――当たり前だろ？」

ファクルさんがニヤリと悪い顔をします。何てかっこいいのでしょう！　――じゃありません。

いいえ、普段なかなか見ることができない顔という点でもいい感じなのですが、今はお料理の話です。

そういうことなら、トッマートゥのソースも作るのでしょう。実際、火炎熊のお肉の燻製が終わるまでの間に、ファクルさんはその作業を始めていました。

トッマートゥとオイオン、それにガリックという鼻の形に似た匂いの強い球根、あといろいろな香草を、お肉を切っていたのとは違う、ちょっとずんぐりむっくりした感じの包丁で、細かく刻んでいきます。

ファクルさんは扱う食材によって、使う包丁を使い分けています。以前、どうしてなのか聞きました。そうしたら、料理によって楽しんでもらいたい食感があるから、包丁を使い分けているのだと教えてくれました。師匠の癖がうつった、困ったこだわりだとファクルさんは苦笑いをしていましたが、わたしはそうは思いません。だって、それだけ食べる人のことを考えていると思うから。

ちなみにこのお店の厨房にはパッと見たところ、包丁は一本しかありませんでした。

ファクルさんは片手で握れる小さなお鍋を火にかけ、木の実を絞った油を垂らすと、トッマートゥなど、刻んでおいたものを入れました。木べらで炒めながら、塩で味を調えつつ、スプーンで味を確かめ、スパイスを足したりしています。そうしながら、火炎熊の燻製具合も確かめます。

「もう少し…………よし、いいだろう」

燻製の火を止め、お鍋にしてあった蓋を開けます。途端に厨房中に、燻製の独特の香りが広がり

ました。

「あとはこれを焼いて――」

燻製である程度火は通してあるので、生のお肉を焼く時ほど、時間はかからないそうです。

「その間に、ソースを仕上げる」

「もうすでにおいしそうなのに、これ以上、何をするんですか？」

「これを加えるんだ」

ファクルさんが足したのは赤茶色の粘土みたいなもの――みそでした。ソースにコクが生まれるらしいです。

「これで完成だ……！」

フライパンからお皿の上に移された火炎熊のお肉に、ファクルさんが特製ソースをスプーンでかけていきます。それはまるでお皿の上に絵画を描いているかのようで――。

「さあ、食べてみてくれ」

目の前に差し出されたお皿を見て、わたしは少しの間、言葉を失っていました。

これまでファクルさんのお料理を何度も食べてきたわたしですが、こんなに美しいと感じたのは初めてです。

「食べるのがもったいないです」

「そう言ってくれるのはありがたいが、料理は食べるもんだからな。味わってくれ」

「はい……！　では、いただきます！」

心して、堪能したいと思います。

完成されたものを壊してしまうようで心苦しいですが、グッと我慢して、わたしはナイフとフォークでお肉を切り分けました。

あー、むっ。

「んぐ!?」

「どうした、アルア？　呼吸ができなくなった？　人工呼吸する？」

人工呼吸が何かはわかりませんが、イズの視線がわたしの唇に狙いを定めているように感じます。

「大丈夫です。呼吸は何ともありません」

「ちっ」

なぜ舌打ちしたのでしょう。気になります。

「じゃあ、いったい何があった？」

「それは……………………いえ、わたしの口から語るより、食べてもらった方が早いです」

わたしはお皿の上に残っていたお肉を切り分け、フォークに刺さったお肉をイズに差し出します。

「あーん、してください」

「アルアがいつになく積極的。照れる」

まったく照れてないように見えるのですが。

「あーん」

ぱくっと、イズがお肉を頬ばりました。

「っ!?」

いつも眠たそうな感じのその目が、まん丸に見開かれます。

「何これ。おいしすぎる」

「ぼ、僕にもぜひ『あーん』をお願いします！　――って、ああっ！『当然お断りですが何か』という感じの冷たい眼差し、いただきました！　ありがとうございます！」

自分勝手に喜んでクナントカさん――いえ、変態は、自分でお肉を頬ばり、「むほー！」と奇声を発すると、

「確かにこれはすごい！　いや、すごいなんてものじゃありませんよ！　燻製にしたことでわずかに残っていた火炎熊特有の臭みは完全に消えてますし、何より最高なのがこのソース！　複雑な味と香りが喧嘩せず、まとまっているのは、みそを入れたからですね!?　火炎熊の肉の旨みが最大限に引き出されている！　信じられません！　僕は料理界の革命に立ち会った気分です！」

変態なのに、言ってることがかっこいいとか、意味がわかりません。

「料理界の革命って、何だよそれ」

なんてことを言いながらも、ファクルさんはどこかうれしそうでした。

その様子を見ていたわたしは、いても立ってもいられなくなって、

「あ、あの、ファクルさん！　わたしも、その、料理界の革命……？　だと思いますから!!」

気がついたら、そう口走っていました。

「え？　あ、おう。ありがとな」

ファクルさんにお礼を言われました！　えへへ。

「変態がファクルに褒められたから、アルアがムキになってる」

「何てかわいいんでしょうか、アルアクルさん。結婚して欲しいです！」

「お断りします」

「お断り、ありがとうございます！　ありがとうございます！」

変態を喜ばせてしまいました。くっ。

そうこうしているうちに、ファクルさんがわたしたちが食べたのと同じ料理を用意して、店主の男性の前に出しました。わたしたちがいくらおいしいと言ったところで、この男性が認めなかったら意味がないですから。

ですが、男性はファクルさんのお料理を、なかなか口にしようとはしません。おそらく意地があるのでしょう。ファクルさんのお料理がおいしいと、絶対に認めたくないという意地が。

でも、ファクルさんのお料理はそんな男性の意地など無視して、そのすごさを発揮しました。イズの、魔王の本気の殺気を浴びて意識を失っていたお客さんや従業員の皆さんが、ファクルさんのお料理の匂いで目を覚ましたのです。そして男性が食べないなら食べたいと言い出すお客さんがたくさんいて、男性が返事をする前に奪うようにして食べてしまいました。

ファクルさんのお料理を食べて、そのあまりのおいしさに言葉をなくすお客さんたちを、食べられなかったお客さんたちがとても羨ましそうに眺めます。

そんな様子を呆然とした様子で眺めていた店主の男性は、何かに耐えるように唇をきつく噛みし

めると、

「……俺の、負けだ」

長い沈黙の果てに、ようやく呟きました。

「俺の料理を、ここまで求められたことなんて、一度もない。完全に俺の負けだ」

そう続けてから、見栄から王都の有名料理店の料理長を務めていたと嘘をついていたと打ち明けて、わたしに向き直りました。

「あんた――いや、お客様に対して、大変失礼なことをしてしまいました。発言を撤回し、謝罪いたします。申し訳ありませんでした」

頭を下げました。

この人に何を言われようが、どう思われようが、どうでもよかったのです。

でも、わたしのために怒ってくれたクナントカさんやイズ、何よりファクルさんの気持ちがうれしかったから。わたしはそれを無駄にしないために、その謝罪を受け入れました。

「……ありがとう、ございます」

「それはファクルさんたちに言ってください」

わたしはそう言って、ファクルさんたちに笑顔を向けました。

ファクルさんたちと一緒にいられるしあわせを噛みしめると同時に、このみんなで一緒に食堂を開くことができたら、それはどんなに素敵なことなんだろうと思いました。

……って、わたしのお店じゃないんですけどね。

おっさんside＊思いを届けたくて。

ファクルとアルアクル、それにクリスの旅にイズヴェルという魔王が加わってから、かれこれ二週間近くが経っていた。

食堂の店主にアルアクルがナンパされるという思い出したくもない最悪な事件があったが、しかしそのおかげで、ファクルは自分たちの結束が強くなったような気がしていた。空気というか、雰囲気というのが、以前より親密になった感じなのだ。

具体的に言えば――。

今は夜。食事も終わり、火を囲んでまったりしている中、繰り広げられる恒例行事の中に、それは感じることができた。

「アルア、好き」

イズヴェルがアルアクルに抱きついた。

「アルアクルさん、愛しています！　結婚してくださいっ！」

そしてクリスの求婚だ。

それに対するアルアクルの答えは決まっていた。ともに『ごめんなさい』だ。

イズヴェルは「がーん」と言いながらも、表情は茫洋としていて変わらず、まるで衝撃を受けていないように見える。クリスはクリスで「今日もお断りされました～っ！」と喜ぶ始末で、本当に変態は手に負えない。

そして断ったアルアクルの顔に浮かんでいるのは、二人とのやりとりを愛おしく感じているような、そんな表情だった。

特にクリスの求婚に対する反応としては、これは驚異的なことなのだ。以前は本当に無理、生理的に無理という感じがひしひしと伝わってきたぐらいなのだから。

そんな三人のやりとりを見つめるファクルは、内心、羨ましく思っていた。

何が羨ましいって、アルアクルとの距離が近いということもあるが、簡単に思いを告げているところだ。好きだとか、愛しているとか、結婚して欲しいとか。何だってそんな易々《やすやす》と口にできるのか。

いや、本人たちは真剣だというのはわかる。実際、クリスに言われた。

それはつい先日、食事の準備中、一緒に支度をしていたクリスにファクルが、どうしたらそんなに気軽に求婚できるのかと聞いた時のことだった――。

クリスはファクルを見て言った。

『気軽そうに見えるかもしれませんけど、僕は一回、一回、真剣ですよ！』

と。

『どうすればより激しく罵られるようにお断りしてもらえるのか、いつも真剣に考えていますから！』

と。

真剣の理由が違った。クリスはやっぱりどうしようもないほどの変態だった。

だが、それでもファクルは思う。自分の思いを告げられるのはすごいことだと。

その時のファクルはどうかしていたのだろう。自分のそんな思いを、うっかり漏らしてしまったのだ。

『なら、ファクルさんも告白すればいいじゃないですか』

クリスはあっけらかんとそう言った。

『はぁっ⁉　お前バカか⁉　告白ってのは自分が相手のことを好きだってことを伝えることなんだぞ⁉　わかってるのか⁉　ああ⁉』

『ちょ、わかってますからすごまないでくださいよ！　怖い怖いですってば！』

どうやらちょっと興奮しすぎたようだと思ったファクルは、ひっひっふー、と師匠直伝の呼吸法で落ち着きを取り戻す。

『でも、実際、思いは言葉にしなければ伝わりませんよ？』

だから、とクリスが言う。

『行動あるのみですよファクルさん！　大丈夫です、当たって砕けましょう！』

砕けたくない。

『アルアクルさんの「お断りします」は一回味わうと癖になりますよ！』

癖になりたくない。

ファクルはアルアクルのことを好ましく思っている。もっとはっきり言えば、好きだった。その思いを伝えたい。伝えたいが、この年まで童て——ではなく、恋人を作ったことがないファクルはいろいろこじらせてしまっていて、それはやはり、とても難易度が高いことだった。

……だが、クリスの言うとおりだ。

クリスとの会話を思い返していたファクルは改めて思った。言葉にしなければ、ファクルの思いはアルアクルに伝わらない。なら、伝えるべきだろう。

その時、ファクルは閃《ひらめ》いた。イズヴェルとクリスが告白したこの流れで、さりげなく告白するのはどうだろう。行ける気がする。いや、違う。行くのだ！

よし、行け。行くんだ！　とファクルは心の中で自分を必死に鼓舞して、アルアクルを見た。

「な、なあ、アルアクル。その、なんだ。ちょっと聞いて欲しいことがあるんだ」

「何でしょう？」

アルアクルが小首を傾げる。かわいい——ではない。そんなことを改めて思っている場合ではない。告げろ。告げるんだ！

「その、な。俺、アルアクルのことが」

「わたしのことが？」

「す、す、す」

テンパっているおっさんは、この時点ですでにまったくさりげなくなくなっていることに気づいていない。

「す？」

好きだ――と、そう告げたはずだった。だが、おっさんがなけなしの勇気を振り絞って告げた声は、ある音によって遮られてしまった。

くぅ〜っ。

それはアルアクルのお腹の音。

「ふぇぇっ⁉」

アルアクルの顔が真っ赤になる。

「ち、違うんです！　今のはちょっと聞いただけだとお腹の音に聞こえたかもしれないですけど、でも、そういうことじゃなくて……！」

言いながら、アルアクルがわちゃわちゃと手を振る。

そして再び、ぐぅ、と鳴るアルアクルのお腹。

「アルア、さっきあれだけご飯食べたのに、もうお腹空いた？」

イズの指摘に、アルアクルは涙目になる。

「…………………………その、今日は体をいっぱい動かしたから」

確かに今日は魔物に襲われ、それを退治したアルアクルは大活躍だった。

「アルア、成長期」

「それです！　わたし、成長期ですから！　勘違いしないでくださいね、ファクルさん！」

「ああ、勘違いしない」

「って言いながら、ファクルさん笑ってます！　信じてくれてない感じがぷんぷんします！」

「そんなことねえよ。ちゃんと信じてる」

「……うぅっ、恥ずかしいです」

真っ赤になったアルアクルの頭をぽんぽんと撫でて、ファクルはアルアクルのために料理を作り始める。アイテムボックスから、師匠から譲り受けた愛用の調理器具を取り出して。

今日こそ思いを告げられると思ったのに、告げられなかった。その悔しさを料理にぶつける。いつもより激しく材料を切り刻み、たき火で熱せられたフライパンに投入。油がパチパチと跳ねて腕に当たるが気にしない。一気に火を入れていく。

そんなおっさんの姿を見たアルアクルは、

「わたしのためにファクルさんがあんなに一生懸命力強く料理を作ってくれています！　大好きです……！」

と感動していたが、半ば八つ当たり気味に料理を作っているファクルがそのことに気づくことは、当然なかった。


その後、ファクルが作った料理を食べながら、ある話題で盛り上がることになる。それはファクルが開こうとしている食堂について。きっかけは笑顔のアルアクルの一言だった。

「そういえば、わたし思ったんです。このみんなで一緒に食堂を開くことができたら、それはどん

なに素敵なことなんだろうって」

ということで、ファクルにどんな食堂を開こうと思っているのか聞く流れになったのだ。

「いろいろ考えてはいるんだが、なかなかこれだって感じのものが思い浮かばなくてな」

「なるほど。つまり、ほとんど何も決まってないというわけですね」

クリスがしたり顔でうなずく。

「まあ、なんだ。そうとも言うかもしれねえな」

「そうとしか言わないと思うのはイズだけ?」

イズヴェルのツッコミに、ファクルは「うるせえ」と苦笑しながら返す。

「大丈夫ですよ、ファクルさん! ファクルさんの作るお料理はどれも本当においしいですから! どんなお店だって、大繁盛すること間違いなしです!」

「ありがとよ、アルアクル」

アルアクルの頭をファクルが撫でれば、アルアクルは「えへへ」とうれしそうにはにかんだ。

「でも、わかりますよ。僕はファクルさんの気持ちが。いざ自分の店を持つってなると、ああしたい、こうしたいって、いろんな欲が出てくるものですからね」

「クリス、お前も大商会の跡取り息子だしな」

「やめてくださいよ、ファクルさん。そんな過去の話を蒸し返すのは」

「おい待て。過去の話ってなんだ。お前は現在進行形で大商会の跡取り息子なんだが?」

「違います! 僕はアルアクルさんに新しい名前をもらった時、『クナントカ』に生まれ変わって、これからはアルアクルさんに結婚を申し込んで――」

「ごめんなさい無理です絶対に」

「くぅ～っ！　アルアクルさんに今日も『ごめんなさい』をいただきましたっ！　――そう、この断られることを喜びに生きるんだって決めたんです！」

「……ダメだこいつ、本気で言ってやがる」

ファクルが衝撃を受けたような表情を浮かべようとするが、わりと前からこんな感じだったなと思い直して、最終的には呆れたような表情に落ち着いた。

だが、すぐに真面目な表情に切り替える。そうして頭の中に思い浮かべるのは、さっきアルアクルが告げた『ここにいるみんなで一緒に食堂を開くことができたら……』という言葉だ。

ファクルが食堂を開きたいと考え、みんなで目指しているトリトス地方は遠く、大空の下を行くこの旅にまだ終わりは見えず、つまり、そう、時間はたっぷりとある。

だから、その間、ずっと考えよう。ここにいる仲間とともにやっていく食堂は、どんな感じにしようか、と。

あとがき

日富美信吾です。初めましての方は初めまして。お久しぶりの方はお久しぶりです。

この度は『おしかけ勇者嫁　勇者は放逐されたおっさんを追いかけ、スローライフを応援する』をお手にとっていただき、ありがとうございます。

本作は、冴えないおっさんが美少女にモテまくる話を書こう！　というところから始まりました。

ですが、それだけでは今時のラノベ業界、勝ち抜くことはできません。

なので、夜も寝ないで昼寝して考えました。

……美少女視点で描けばいいんじゃね？

エクセレンッ！　マァァァァァァァベラスッ！　これで勝った……！　間違いないッッッッッ！

――というようなことを、まったく踏まえず。

「自分の好意に気づかず、冴えないおっさんを無自覚に振り回すヒロインがいたらかわいいよなぁ。てか、そんな女の子に振り回されてみたいなぁ」

という作者の願望を元に、ノリと勢いを大事に『小説家になろう』で連載することにしました。

そんな感じで始まったものですから、書きながら思いついたアイデアを足していき、そのせいで想定していた設定が使えず、結果、最初に思い描いていた感じの流れとは全然違う形になりました。

あー、どうすんだ、これ……？　と頭を抱えていたりするのですが、出てくるキャラクターたちがみんなちょっとずつポンコツで変なんですけど、そんな奴らのやりとりが見ていて、まあ、楽しくて。こいつらの魅力をもっと引き出してやりたいと、やりがいを感じていたりします。
皆さんには、そんなポンコツで変な奴らが織り成す世界を楽しんでいただけたら、うれしいです。

最後になりましたが、本作を書籍化するにあたりまして、編集の鈴木さんにはいろいろとアドバイスをいただきました。中には作者以上に本作を愛しているのではないかと感じることのできる鋭いご指摘があり、とても心強く感じました。本当にありがとうございました。
白井鋭利先生には、最高にキュートなイラストを描いていただき、望外の喜びです。どのキャラも本当に素晴らしいのですが、個人的にはインウィニディアがめっちゃ好みで、こんなに素敵なイラストがつくなら、もっと活躍させてあげればよかったです。
また、他にも本作に携わったすべての方に、深く感謝いたします。

それでは、また。きっとどこかでお会いできますように。

二〇一八年十月　日富美信吾

BKブックス

おしかけ勇者嫁

勇者は放逐されたおっさんを追いかけ、スローライフを応援する

2018年11月20日　初版第一刷発行

著　者　日富美信吾《ひふみしんご》

イラストレーター　白井鋭利《しらいえいり》

発行人　角谷治

発行所　株式会社ぶんか社
〒102-8405　東京都千代田区一番町29-6
TEL 03-3222-5125（編集部）
TEL 03-3222-5115（出版営業部）
www.bunkasha.co.jp

装　丁　AFTERGLOW

編　集　株式会社 パルプライド

印刷所　大日本印刷株式会社

ISBN978-4-8211-4494-5

Printed in Japan